당신의 노후

박형서

당신의 노후

박형서

소설

PIN
002

차례

PIN
002

당신의 노후

박형서

1

충남 공주의 강 씨(77세, 남)는 중학생 시절에 담배를 훔친 적이 있다. 덕분에 바쁜 소작농인 부모님을 모시고 경찰서에 출두해야 했다. 지난 독재정권 때의 일이다. 그 외에도 상습적인 쓰레기 불법 투기, 도로교통법 위반, 들키지 않은 매매춘, 두 번의 고의성 없는 세금 체납 등을 저질렀다.

몸집이 왜소한 데다 남의 눈조차 똑바로 보지 못하는 소심한 성격이어서 말다툼 한 번 없이 살아왔다. 남이 욕하면 듣고, 남이 때리면 맞았다. 그러면서도 불만을 품기는커녕 일을 크게 키우지 않는 자신의 처세술에 오히려 자부심을 가졌다.

그는 평생에 걸쳐 두 명의 매춘부를 깊이 사랑
했다. 한 명은 열여덟 살, 다른 한 명은 마흔여섯
살이었다. 간단한 뺄셈으로 둘의 나이 사이에 최
소 여섯 차례의 성대한 올림픽이 치러졌음을 알
수 있다. 하지만 강 씨는 그 둘을 자주 헷갈렸다.
누구를 먼저 사랑했고 누구를 나중에 사랑했는
지 매번 다르게 말했다. 누가 자기 재산을 꿀꺽하
고 도망쳤는지도 그때그때 바뀌었다. 하지만 그
의 얘기를 주의 깊게 듣다 보면 누구나 알게 된
다. 열여덟 살짜리 매춘부를 만났고, 그로부터 28
년 후에 그녀를 다시 만난 것이다. 강 씨의 재산
을 꿀꺽하고 도망친 건 물론 나이가 든 쪽이었다.

이와 같은 시시껄렁한 주름들이 공주의료원 뒷
길 노점에서 47년간 소형 라디오를 팔았던 강 씨
가 남긴 생의 흔적 전부다.

마지막으로 머문 곳은 공주교대에서 멀지 않은
중학동 소형 연립주택의 지하 단칸방이다. 본디
거실 딸린 방 두 칸 있던 공간에 가벽을 설치하고
화장실도 추가하여 원룸 네 칸으로 개조한 곳이
다. 창이 없고 습도가 높아 주로 가난한 대학생들

의 사글셋방으로 사용되었는데, 계약 기간이 보통 3개월이라 방학이 시작되면 강 씨의 방을 제외하고는 텅 비곤 했다.

3월 초, 악취가 난다는 신고에 출동한 경찰이 문을 부수고 들어가 반쯤 부패한 강 씨를 발견했다. 그는 잠옷 차림으로 매트리스와 벽 사이 20cm쯤 되는 공간에 단단히 끼여 있었다. 오른쪽으로 굴러 들어간 자세였다. 그나마 자유로웠을 왼쪽 손가락의 손톱은 벽을 긁어대느라 전부 떨어져 나간 상태였다. 어찌나 맹렬하게 숨을 몰아쉬었던지 얼굴과 맞닿은 벽에는 새까맣게 곰팡이가 피어 있었다. 나흘에 걸친 필사의 투쟁이 남긴 자국이다. 그러나 쓸데없이 무거운 스프링 매트리스는 꿈쩍도 하지 않았고, 오랫동안 만성 간질환에 시달려 쇠약해진 몸은 끝내 그 좁은 틈에서 빠져나오지 못했으며, 눌린 복부는 살려달라고 소리지를 수 있을 만큼 부풀지 않았다. 사투를 벌이는 나흘 동안 물 한 모금의 도움조차 얻을 수 없었다.

강 씨는 사망 후 두 달이 지나 발견되었다.

2

"이게 뭐죠?"

책상과 맞붙은 작은 캐비닛 위에 탐스러운 장미 한 다발이 놓여 있었다. 서울 은평구에 위치한 노인전문 장기요양병원의 2급 개인 병실이었다.

아, 하고 수련 씨가 말했다. "요 옆 병실 분한테 드릴 거예요. 왜 그분 꽃 되게 좋아하시잖아요. 나는 뭐 귀찮으니까."

그건 올바른 대답이 아니었다. 본인도 횡설수설했다고 느꼈는지 얼굴에 당황한 기색이 떠올랐다.

빨간 장미 다발 속 흰 카드에는 수신자의 이름

과 축하 메시지가 적혀 있었다. 장길도가 가시에 찔리지 않도록 조심하며 메시지를 꺼내었다.

"여기 한수련, 노령연금 100% 수급을 축하한 다고 적혀 있어요."

아내는 입을 다문 채 뺨을 부풀렸다. 난처할 때 의 버릇이었다.

"혹시 이 꽃 만졌어요?"

장길도가 물었다.

"아뇨. 실은 산책하고 와보니 있더라고요. 아하, 거기 그런 카드가 들어 있었구나. 나는 또 그것도 모르고……."

"수련 씨", 하고 장길도가 말했다. "국민연금 가 입한 거예요?"

아내가 뺨을 더 크게 부풀렸다. 그러더니 배시 시 웃기 시작했다.

장길도는 아내가 주섬주섬 내민 서류와 통장을 받아 들었다. 한눈에 봐도 축하 메시지의 내용 그 대로였다. 아내는 만 70세가 되던 9년 전부터 노 령연금 수급자였다. 최대 납입기간인 30년에서 딱 10년이 모자라 총액의 66%부터 받기 시작했는데, 100% 완전수급을 맞이한 현재까지의 수령액이 한 푼도 빠짐없이 통장에 쌓여 있었다.

꽤 큰 금액이었다.

보름 전에 정년퇴직을 하여 아직 따끈따끈한 백수인 장길도는 누군가가 자기 머릿속에서 팽이를 돌리는 듯한 느낌을 받았다. 그리고 그 팽이는 어릴 적 골방에 매달려 있던 메줏덩어리만 했다. 그 곰팡이 핀 메주가 머릿속에서 빙글빙글 돌면서 메주 아닌 것들을 전부 메주로 만들었다.

"그러니 집을 팔 필요 없어요."

아내가 말했다.

"당신한테 특별한 곳이잖아요."

그렇다. 정릉천 옆에 있는 그 집은 장길도가 나고 자란 곳이다. 아버지의 아버지가 짓고 다시 아버지가 물려받아 수리하고 또 장길도가 물려받아 수리해온 그곳에서 장길도는 태어나 학교에 다녔으며 할아버지와 아버지를 떠나보냈고 아홉 살 연상의 아내 수련 씨를 만났고 결혼해서 같이 살았고 직장에 취직했고 어머니를 떠나보냈다. 하지만 더는 안 되겠다 싶어 이태 전부터 그 집을

팔아 은평요양병원 근처의 작은 원룸으로 옮길
생각이었다.

이유는 물론 돈이다. 공무원 신분이었을 적에
는 그럭저럭 버틸 만했다. 하지만 70세가 되어 정
년퇴직을 했고, 공무원연금은 쥐꼬리다. 연금에
서 아내의 요양원 비용을 제하고 나면 하루 두어
번 김밥천국에 갈 정도의 돈이 남았다.

장길도는 가끔 이런 생각을 했다―나도 몸이
아파서 아내와 함께 요양원에 살면 어떨까?

그렇다면 틀림없이 훨씬 나을 것이다. 구체적
으로 계산해보지 않아도 알 수 있는 일이다. 그저
요양원 비용만 두 배로 들 뿐, 생활비는 얼추 합
쳐지니까.

아마 퇴직 공무원 장길도와 그의 아내 한수련
은 수명이 다하는 날까지 요양원에서 행복하게
살아갈 수 있을 것이다. 수련 씨의 폐가 그럭저럭
제 몫을 하는 날에는 가까운 시장에 나가 그녀가
좋아하는 호두과자를 사 먹을 수도 있을 것이고,
크리스마스 같은 날에는 불 꺼진 병실에서 함께
나미의 빙글빙글 춤을 출 수도 있을 것이다. 한쪽

이 아프면 다른 한쪽이 재빨리 달려와 간호해줄 수 있을 것이다.

그런데 장길도는 튼튼했다.

반칙일 정도로 튼튼했다. 칠순을 맞았지만 40대의 신체 나이를 지니고 있었다. 100미터를 13초에 뛰었다. 턱걸이나 팔굽혀펴기는 도대체 몇 번까지 하는지 셀 수 없었다. 근력의 척도인 악력으로 말하자면, 단지 꽉 쥐는 것만으로도 성인 여성의 팔목을 부러뜨릴 정도였다. 그와 같은 무시무시한 체력 덕분에 장길도는 다섯 종류의 성인병과 세 군데의 퇴행성 관절염에도 불구하고 무사히 공무원 생활을 마칠 수 있었다.

"제가 국민연금 들 필요 없다고 얘기했던 거 같은데요."

섭섭하게 받아들이지 않도록 흘리듯이 말했다.

"하지만 다달이 내는 돈이 크지 않은 데다가", 하고 아내가 또 배시시 웃으며 변명했다. 이어 두어 번 숨을 크게 들이마셨다. 폐가 잠시 움찔한 모양이었다.

아내가 편히 숨을 고를 수 있도록 장길도는 창

밖을 바라보았다. 이웃한 4층짜리 학원 건물 옥상 난간에 비둘기로 보이는 새가 한 마리 있었다. 이리저리 서성거리던 그 새는 다른 곳으로 가기 위해 몸을 날렸는데, 문득 날기가 싫어진 모양인지 차도를 향해 수직으로 곤두박질쳤다.

픽.

"그때 제가 많이 불안했어요."

연금을 시작하던 때, 그러니까 34년 전을 얘기하는 듯했다. 마흔다섯 살이던 그해 수련 씨는 폐결핵을 앓았는데, 운이 없게도 결핵균에 내성이 발견되어 무려 3년 동안 슈퍼바이러스 치료를 받아야 했다. 고된 투병 끝에 결핵으로부터 벗어났지만 심하게 망가진 폐는 원래대로 돌아오지 않았다. 그때부터 심심하면 콜록콜록이었다.

"우리 형편에 국민연금 납부할 여력이 없었을 텐데." 장길도가 말했다. "정말…… 뜻밖이네요."

"쉽지 않았어요."

칭찬으로 받아들인 모양이었다. 백발을 멋지게 뒤로 쓸어 넘기며 아내가 말했다.

"아휴, 정말 쉽지가 않았다고요."

장길도는 주머니에서 당뇨 약을 꺼내어 입에 털어 넣었다. 미지근한 물과 함께 삼킨 다음 가만히 아내를 바라보았다. 34년 동안이나 시들어왔음에도 불구하고 저리 맑게 웃는 사람은 세상에 다시 없을 것이다. 하긴, 저 미소에 홀딱 반해 청혼했지 뭔가.

'만 79세 비생산층, 연금 100% 수급 개시, 생산인구에 속한 자식이 없고 가족은 공무원연금 수급자인 남편 하나, 요양원 장기 거주' 하고 장길도는 메주가 된 뇌로 하나하나 따져보았다.

'대체 얼마나 위험한 거지?'

3

서울 용산구 동빙고동의 김 씨(88세, 남)는 평생에 걸쳐 세 번의 추락을 경험했다.

첫 번째는 중학생이던 14세 때의 일이다. 집에 늙은 부랑자 둘이 침입해 어머니와 여동생과 식모를 잔인하게 살해했다. 당시 김 씨는 경주로 수학여행을 떠나 있었고 작은 부품 공장을 운영하던 아버지는 납품 상담차 지방 출장 중이었다. 큰 충격을 받은 김 씨의 아버지는 행려병자가 되어 이듬해 봄 사망했다.

고모의 손에 맡겨져 자란 김 씨는 고등학교를 졸업하고 모 대학 심리학과에 입학했다. 그의 입학 동기들은 약간의 그늘과 편집증이 있긴 하지만 매우 다정다감하고 남의 말을 잘 들어주던 사람으로 김 씨를 기억했다. 김 씨는 군 제대 후 총학생회 임원으로 활동하다 만난 세 살 연하 국문과 여학생을 사랑하게 되어 재학 중인 27세에 이른 결혼식을 올렸다. 이듬해 임신한 아내는 김 씨의 고모와 함께 산부인과에 다녀오던 중 횡단보도에서 차에 치어 즉사했다. 사고를 낸 91세의 운전자는 대법원까지 간 끝에 심근경색에 의한 일시적 졸도 및 고령이 참작되어 집행유예를 선고받았다. 이것이 김 씨가 경험한 두 번째 추락이다. 이후 너덧 건의 술집 난동과 한 건의 교수 폭행으로 대학에서 제적당한 김 씨는 서른이 되던 해 지방의 작은 신학대에 입학하였다.

해방신학파가 주름잡고 있던 그 대학에서 김 씨는 교수 및 선후배들과 격렬한 논쟁을 벌이기로 유명했다. 사회구조를 인간의 존엄성을 높이는 방향으로 개혁해야 한다는 해방신학자들에 맞서 김 씨는, 인간들이 거룩한 신성神性을 따르고 모방하는 대신 거꾸로 신성을 모순된 인간 세계에 투사해 자연의 섭리에 어긋나는 휴머니즘을 지향하는 것은 제2차 바티칸 공의회의 감상적인 실수라고 주장하였다. 김 씨에 의하면 신성이란 약간 모르는 편이 정신건강에 이로울 정도로 거룩하고 엄격하고 불변하며 과감하고 막강하고 냉혹한 것이다. 빈자와 과부와 고아와 노인에 대한 동정은 인간적으로 끌리긴 하나 신성의 본질과 무관하다. 신이 주인인 세상에서 인간다운 삶을 추구하자는 게 도대체 무슨 헛소리란 말인가? 오히려 신성은 우주만물의 자연에 깃들어 약자들을 지상에서 쓸어버리는 방향으로 작동한다. 피조물에 불과한 인간이 먼저 선과 악을 자의적으로 규정해둔 후 그중 선을 신성에 갖다 붙이는 건 절차적 오류다. 자연이, 신성이 곧 선이고 신앙의 대상이다.

논쟁이 누군가의 마음을 돌려놓을 수는 없다. 논쟁을 통해 입장이 바뀌진 않는다. 오직 서로를 증오하게 만들 뿐이다. 분개한 학우들에게 폭행당해 전치 12주의 중상을 입은 김 씨는 신학대를 떠나 공무원이 되었다.

어쩌면 김 씨의 천직은 심리학자도 아니고 목회자도 아닌, 국가와 국민에 충성하는 바로 그 공무원이었을지 모른다. 김 씨는 뛰어난 업무 수행 능력을 바탕으로 40년 가까운 공직 생활 동안 여러 차례 기관장 표창 및 대통령 훈장을 받았는데 그중에는 녹조근정훈장과 보국훈장 삼일장도 포함되어 있다.

김 씨는 70세에 정년퇴직한 후에도 10여 년간 여러 준공공기관의 전문위원으로 재직하며 고아원과 초등학교를 지원했고, 이어 국립공원관리공단의 비상근이사가 되어 식수植樹사업에 관여했다. 85세 때 건강에 이상이 생긴 후로는 모든 공직을 떠나 유화와 바이올린을 배우며 조용한 노후를 보냈다.

동빙고동의 이웃 주민들은 김 씨를 말이 없고 눈빛이 또렷한 사람으로 기억했다. 그는 행여나 주위에 폐를 끼칠까봐 극도로 조심했다. 아침마다 집 앞을 직접 청소했으며 과하다 싶을 정도로 재활용품 분리수거에 철저했다. 심지어 지하철을 탈 때도 무료로 이용하는 대신 꼬박꼬박 성인 요금을 지불했다. 폐렴을 앓은 뒤로는 남들에게 무기력한 모습을 보이기 싫었던지 집 밖으로 나오는 일이 줄어들었다.

그 무렵부터 김 씨는 하루가 다르게 야위어갔다. 어쩌다 외출하는 김 씨를 본 사람들은 그가 너무 삐쩍 말라서 허공에 둥둥 떠다니는 것 같다고 했다. 혹은 허공에 둥둥 떠다니기 위해 마르는 것 같다고 했다. 어쩌면 그들 모두가 사실을 말하고 있었던 건지 모른다. 김 씨는 집에서 멀리 떨어진 어느 아파트 화단에 깊숙이 처박힌 채로 발견되었다. 신분증도 휴대폰도 없었다.

세 번째이자 마지막 추락이었다.

4

늘 그랬다시피, 모두가 알다시피, 국민연금공
단을 대표하는 음성 비서의 소임은 전화 건 민원
인을 약 올리는 것이다. 수많은 문장을 거쳐 원하
는 단계에 도달하기까지의 세월 동안 민원인의
노화는 급격히 가속되곤 했다.

국민연금공단 입장에서도 할 말이 없는 건 아
니다. 행복할 일이 별로 없는 고령자를 주로 상대
하는 업무 특성상, 차근차근 전부 설명하지 않고
뭐 한 대목이라도 건너뛰었다가는 고소를 당하기
일쑤다. 그나마 9장 132개 조에 달하는 국민연금
법 전문을 들려주는 단계는 몇 해 전부터 생략되

었다. 그걸 듣는 동안 혈압이 올라 별세한 민원인이 너무 많아서였다.

원칙대로라면 장길도 역시 음성 비서의 목소리를 최소 두 시간은 들어야 했다. 그 두 시간이 지나야 비로소 본격적인 버튼 누르기 단계로 진입하는 게 허용된다. 하지만 장길도는 다른 방법을 하나 알고 있었다. 장길도가 보름 전에 퇴직한 직장이 바로 국민연금공단이기 때문이다.

장길도는 편의점에서 구입한 선불 휴대폰의 전원을 켜고 국민연금공단으로 전화했다. '안녕하십니까', 하는 첫인사가 끝나자 장길도는 곧바로 # 버튼을 누르고 기다렸다. 이어 '아직 누르실 때가 아닙니다'라는 말이 나오는 순간 2를 연달아 다섯 번 눌렀고, '계속 버튼을 누르실 경우 통화가 종료될 수 있습니다'라는 말이 나옴과 동시에 1818을 눌렀으며, '잘못 누르셨습니다'와 '뒤로 돌아가시려면' 사이에 * 버튼을 3초간 눌렀고, '어머 진짜 왜 이러세요'라는 말이 나온 후 1과 5와 9를 한꺼번에 눌렀다. 삑, 하는 신호음과 함께 수신이 전환되었다.

"팀장님, 말씀하세요."

노인네들 약 올리는 게 임무인 음성 비서가 아니었다. 국민연금공단 연금이사 산하 기금합리화지원실 소속 노령연금TF팀의 터줏대감, 눈 코 입 멀쩡히 붙어 있고 툭하면 화장실에 가는 인간 국회였다. 그 국회의 '팀장님' 하는 소리에 장길도는 가슴이 철렁 내려앉으면서도 한편으로는 안심이되었다. 가슴이 철렁 내려앉은 이유는 국회의 목소리에 어쩔 수 없이 밴 약간의 망설임 때문이었다. 이해할 수 있었다. 공무원증을 반납하고 사무실을 걸어 나옴과 동시에 그녀와의 인연은 끝났다. 입장을 바꿔 그녀가 퇴직한 다음에 태연히 사무실로 전화를 걸어왔더라면 장길도는 조금도 망설이지 않고 그녀를 북한산 기슭에다 파묻었을 것이다. 한편으로 안심이 된 이유는 '팀장님'이라는 단어에서 풍기는 보잘것없는 친분이 현재 상황에서 붙들 수 있는 전부였기 때문이다. 구차하건 말건 그게 사실이었다. 그녀가 유일하게 기댈 언덕이었다. 은퇴한 이상 국민연금공단의 저 11층 사무실에서 함께 부대꼈던 다른 어떤 동료들도 믿을 수 없었다.

　기왕에 이렇게 된 거, 하고 장길도는 마음을 다 잡았다. 잘 지냈냐는 둥 전화해서 미안하다는 둥의 하나 마나 한 말은 생략했다.

　"52년 3월 3일생 한수련, 리스트에 있는지 알아봐줘요."

　진흙 같은 침묵이 스륵스륵 밀려왔다.

　잠시 후 전화가 끊겼다.

5

강원 춘천의 토박이 송 씨(81세, 남)는 유복자로 태어났다. 어릴 적부터 홀어머니를 지극정성으로 모셔서 온 동네에 칭찬이 자자했다. 성정이 점잖아 남들과 다투는 법이 없었으며 제가 가진 한에서 양보하길 좋아했다. 읍내 장터에서 작은 국밥집을 운영하던 어머니 제갈 씨(107세, 여) 또한 세상에 아들밖에 없는 것처럼 살았다. 사철 좋은 과일을 사 먹이고 옷과 신발은 늘 시내에 가서 사 왔다. 하지만 아들이 어미에게 쏟는 효심을 따라가지는 못했다.

송 씨는 공부를 워낙 잘해서 모두들 서울 법대

에 갈 거라 생각했다. 어머니도, 담임 교사도 그렇게 믿었다. 그러나 홀어머니를 두고 집을 떠날 수 없었던 송 씨는 강원대 영어교육학과에 수석으로 입학했고, 졸업하자마자 유봉여고 영어 교사로 부임했다. 이태 뒤 같은 학교에서 국어를 가르치는 동갑내기 교사와 결혼했다. 송 씨 부부는 2남 1녀를 낳아 남부럽지 않게 키워냈다.

문제가 생긴 건 어머니 제갈 씨에게 치매가 찾아오면서부터였다. 송 씨는 자기 부부가 학교에 나가 근무하는 동안 어머니와 대화도 하고 함께 산책도 해줄 시간제 간병인을 고용했다. 이때만 해도 송 씨는 치매가 사탕 하나 주면 금방 낫는 마음의 병인 줄 알고 있었던 듯하다. 그러나 2년이 못 되어 종일제 간병인 한 명으로 감당할 수 없는 지경에 이르렀다.

결국 송 씨 자신이 학교를 휴직하고 직접 간병을 시작했다. 노인이 노인을 간호하는 건 그 당시에도 흔한 일이었다. 송 씨가 30년 이상을 살아온 신북읍 장미연립주택 열두 가구 전부가 당시나 지금이나 비슷한 사정을 안고 있다. 예컨대 현재

송 씨의 바로 이웃집에는 94세의 할머니가 122세의 부친을 간호하며 산다. 학계에 보고된 모든 성인병을 장착한 그 부녀가 매달 받는 국가노령연금, 생필품 공제쿠폰, 최저생계 보조비, 가사도우미 보조비, 의료비 및 약제비 할인은 어지간한 젊은이 셋의 월급을 합친 것보다 많다. 시스템에 구멍이 나면 가끔은 이런 케이스도 발생하는 법이다.

퇴직이 아니라 휴직을 신청한 데서도 알 수 있듯이 송 씨는 자기 가족에게 닥친 불행이 길지 않을 것이라 생각했다. 그는 선한 사람이었고 세상 누구에게도 못되게 군 적이 없었으므로 자기 역시 비슷한 대접을 받아야 한다고 믿었다. 그러나 어머니의 치매가 끝없이 악화되면서 그 믿음은 완전히 박살 났다. 처음에는 아내와, 다음에는 제 어머니의 불행을 두고 볼 수 없었던 장성한 자식들과, 마지막으로는 무기력하고 속수무책인 자기 내면과 불화가 생겼다.

노모의 치매에서 모든 문제가 비롯되었다는 걸 송 씨가 모르지는 않았다. 그러나 무슨 방도가 있겠는가? 송 씨뿐 아니라 세상 누구도 옳은 답을 찾지 못할 것이다. 개인 혼자의 힘으로는 결코 해결될 수 없는 문제였다. 꼬박꼬박 세금 받아먹는 국가가 나서서 처리해줘야 할 일이었다. 하지만 시스템은 무려 14년 동안 침묵했다.

14년이 지난 어느 날 송 씨는 망치로 어머니를 살해했다.

춘천지방법원 103호 형사1단독 재판정에서 심리가 열렸다. 살해당한 시신이 있고 살해 도구가 있으며 범인의 자수와 자백이 있었다. 더 이상 명확할 수 없는 사건이었다.

검사가 조서를 바탕으로 당시 상황을 심문했다. 보건소에서 약을 받아 장미연립주택으로 돌아온 송 씨는 현관문을 여는 순간 지독한 분뇨 냄새를 맡았다. 어머니 제갈 씨가 대소변을 가리지 못한 지 10년이 넘었기 때문에 전혀 뜻밖의 상황은 아니었다. 이거 또 일이 생겼구나, 짐작한 송 씨는 일단 약부터 찬장에 넣어두려 부엌으로 향했다. 그런데 어머니가 거기 부엌에 있었다. 아랫도리를 모두 벗은 채로 식기건조대에서 그릇들을 하나씩 꺼내 자기 똥을 바르는 중이었다. 놀란 송 씨가 비명을 지르자 어머니가 송 씨를 보았다. 둘의 눈이 마주쳤다.

"치매가 아니었습니다. 제정신인데 일부러 그랬던 겁니다."

송 씨의 진술이었다.

"눈을 보면 알 수 있습니다. 치매가 아니었습니다."

송 씨가 만류하려 들자 어머니 제갈 씨는 낄낄 웃으며 자기 방으로 거실로 안방으로 도망을 쳤다. 그 와중에도 손닿는 문고리와 벽과 가구들에 부지런히 똥을 묻혔다. 마침내 구석에 몰린 어머니 제갈 씨가 쪼그려 앉았다. 손에 묻은 똥을 제가 먼저 빨고는, 아들 송 씨에게도 다정하게 한 입 권했다.

"벌레지 같았습니다."

머릿속이 하얗게 된 송 씨는 망치를 들고 돌아왔다. 어머니 제갈 씨는 여전히 손가락에 묻은 똥을 쪽쪽 빨아먹고 있었다. 송 씨는 망치로 어머니의 머리를 겨냥했다. 그리고 의식을 잃었다.

변호사가 반대심문을 했다.

"합리적이지 않은 부분들이 있습니다. 첫째, 현장의 가구 배치를 보면 오른손 가격만이 가능합니다. 현장검증에서도 피고인이 오른손으로 망치 모형을 들었고요. 단 한 번 휘둘러 어머니를 사망에 이르게 했다는데, 하지만 피고인은 평생 왼손잡이로 살아왔습니다. 둘째, 피고인은 오랫동안 양어깨에 석회성 건초염을 앓아온 터라 흉기로 사용된 그 무거운 망치를 휘두르기는커녕 제대로 들기도 어렵습니다. 현장검증 당시 스티로폼으로 된 망치 모형조차 머리 위로 들어 올리지 못했잖습니까. 셋째, 50년 가까이 함께 산 가족들이 흉기로 사용된 망치를 난생처음 본다고 진술했습니다. 어머니 제갈 씨가 그, 그러니까, 그, 배설물을 가지고 무언가 할 때, 피고인은 정말 집에 어머니와 단둘이 있었나요?"

피고인 송 씨는 고개를 숙인 채 침묵했다.

보다 못한 판사가 끼어들었다.

"그게 대체 무슨 엉뚱한 소리요?"

6

라디오 페이징 시스템Radio paging system, 일명
페이저Pager.

혹은 삐삐.

80년대에 등장한 삐삐는 90년대 들어 폭발적
인 인기를 누렸다. 기업인과 직장인뿐 아니라 어
린 학생들까지도 외출의 필수품처럼 옆구리에 차
고 다녔다. 삐삐의 유일한 기능이자 매력은 그 작
고 가벼운 기기를 통해 언제든 원하는 사람에게
신호를 보내거나 호출할 수 있다는 것이었다. 이
는 인간의 오랜 욕망을 충족시켜주었다. 하루 종
일, 몇 날 며칠, 어쩌면 평생에 걸쳤던 기다림의

시간이 큰 폭으로 줄어들었다.

인류는 머지않아 더 나은 방식을 찾아냈다. 소형화된 휴대폰이 순식간에 삐삐의 자리를 대체한 것이다. 휴대폰은 단 1분도 기다릴 필요가 없었다. 이제 휴대폰보다 간편한 방식이라면 텔레파시나 이심전심以心傳心밖에 남지 않았다.

삐삐는 조용히 잊혀져갔다. 그렇다고 불쌍히 여길 필요는 없다. 우주 삼라만상에 전진 말고는 답이 없다. 가만히 있으면 뒤로 밀려나는 게 당연하다. 삐삐는 징검다리 중 하나였다. 고향에 내 소식을 전해줄 건지 말 건지 의심스러운 기러기의 시대에서 '어 다 왔어 너 보여'라고 시시콜콜 중계하는 휴대폰의 시대로 이어주는 기특한 징검다리. 게다가 삐삐는 아직도 여전히 이 세계와 이어져 있다. 지금 장길도의 손에도 하나 있다.

쥐색 모토로라 제품이다.

옷을 갈아입으러 정릉천 집에 왔을 때 우편함에 들어 있었다. 보자마자 국회가 보낸 것임을 알았다. 나쁜 징조이기도 하고 좋은 징조이기도 했다. 국회가 장길도의 요청을 진지하게 다루고 있다는 뜻이기에 나쁜 징조고, 일방적이긴 하나 어쨌든 정보를 얻을 루트가 하나 생겼다는 점에서는 좋은 징조였다. 두 징조의 무게가 팽팽했다.

책상에 앉아 전원을 켰다. 제조사 로고가 지나가고 여섯 자리 숫자와 하이픈, 그리고 다시 여덟 자리 숫자가 떴다.

아, 하고 탄식했다.

앞의 여섯 자리 숫자는 아내 수련 씨, 뒤의 여덟 자리는 적색 리스트의 일련번호였다. 적색 리스트는 즉시 처리를 의미하기에 이미 작업이 시작되었다고 보아야 한다. 당황한 장길도가 앞뒤 안 가리고 국민연금공단에 전화를 걸었다. '안녕하십니까', 하고 음성 비서의 첫인사가 끝나자 장길도는 곧바로 # 버튼을 누르고 기다렸다. 이어 '아직 누르실 때가 아닙니다'라는 말이 나오는 순간 2를 연달아 다섯 번 눌렀고, '계속 버튼을 누르실 경우 통화가 종료될 수 있습니다'라는 말이 나옴과 동시에 1818을 눌렀으며, '잘못 누르셨습니다'와 '뒤로 돌아가시려면' 사이에 * 버튼을 3초간 눌렀다. 하지만 그립고 그리운 '어머 진짜 왜 이러세요'는 끝내 나오지 않았다. 혹시 못 듣고 지나쳤나 싶어 1과 5와 9를 한꺼번에 눌렀지만 진짜 국희에게로 수신 전환이 되는 대신 곧장 통화가 종료되었다. 몇 번을 해봐도, 처음부터 다시 해봐도 마찬가지였다.

실은 진작부터 이랬어야 정상이다. 퇴직한 후에도 팀장으로서의 권한을 잃지 않았던 것이 오히려 시스템 오류였다. 그러나 장길도에게는 그 오류 한 가닥이 절실했다. 직접 충정로의 국민연금공단 서울북부지역본부에 가볼까 하는 터무니없는 계획도 세워보았다. 11층까지 갈 수야 있을 것이다. 엘리베이터에서 내리자마자 경비 두 명이 달려들겠지만, 어떻게든 팀의 둥지이자 본부인 기금합리화지원실 문 앞까지는 우격다짐으로라도 밀고 갈 수 있을 것이다.

그러나 사무실 문을 열고 들어가는 순간 장길도는 죽은 목숨이다. 수련 씨의 사진이 담긴 작은 액자 하나와 휴대폰 충전기, 혈당체크 키트, 치질 환자용 방석 등 개인물품 몇 가지를 챙겨 사무실을 떠날 때부터 알고 있던 사실이다. 금송아지를 숨겨두었건 쓸개를 깜빡 놓고 왔건 그곳에 다시 돌아가 조직의 보안을 위태롭게 했다가는 살아 나올 길이 없다.

갑자기 삐삐에 신호가 왔다. 제풀에 놀라 벌떡 일어난 장길도가 황급히 메시지를 확인했다. 외곽 공무원의 식별번호 여섯 자리 숫자 끝에 별표가 덧붙어 있었다. 담당자 배정이 완료되었다는 뜻이다.

양파였다.

젊고 잽싼 친구라 머뭇거릴 시간이 없었다. 장길도는 골다공증 처방약과 칼슘과 비타민 D 캡슐을 한꺼번에 삼킨 후 서둘러 밖으로 나섰다.

택시는 쉽게 잡혔으나 요양병원으로 향하는 길이 꽤 막혔다. 80세 이상 노인들의 투표권 박탈을 위한 시위가 도심 곳곳에서 벌어지고 있었다. 말이 되는 소리를 해야지, 하고 90대 초중반의 운전기사가 투덜댔다. "우리나라 투표권자의 절반을 빼버리자는 얘기야?"

불만에는 공감하지만 그는 잘못 알고 있다. 80세 이상은 투표권자의 절반이 아니라 40% 조금 넘는다. 말이 안 되는 소리는 더더욱 아니다. 고령층 투표권 제한은 며칠 전 박빙의 선거에서 승리한 신임 대통령의 핵심 공약이어서 머지않아 시행될 예정이다. 도로를 점령한 것은 요컨대 젊은이들이 세를 과시하는 자축 행사였다.

무릎관절의 소염 패치를 갈아 끼운 장길도는 양파의 위치를 검색하기 위해 휴대폰으로 국민연금공단 인트라넷에 접속해보았다. 이번에도 보기 좋게 막혔다. 예상했던 대로지만 가슴이 무겁게 내려앉았다. 양파가 어디에 있는지 모르는 상태라면 마냥 수련 씨 옆에서 지키고 있어야 한다. 양파가 어떤 방법을 쓸지, 어떤 식으로 접근할지 전혀 알 수가 없다. 이보다 불리한 수성전이 세상에 또 어디 있을까.

그런 장길도의 심정을 알아차리기라도 한 듯 호주머니 속 삐삐가 요란하게 진동했다. 재빨리 꺼내어 살펴보니 두 자리 수와 점과 여섯 자리 수, 그리고 세 자리 수와 점과 여섯 자리 수가 수신되어 있었다. 지리 좌표였다. 국회가 장길도의 인트라넷 접속 시도를 포착한 모양이었다. 지푸

라기라도 잡고 싶은 심정이었던 장길도에게는 어리둥절할 만큼 값진 정보였다. 국희가 도와준다면 못 할 일이 없을 것 같았다. 무릎에 좋다는 홍합 엑기스라도 한 짝 사 보내고 싶었다.

휴대폰에서 지도 앱을 실행해 좌표를 입력했다. 곧바로 위치가 떴다. 그런데 뭔가 이상했다. 자신이 방금 지난 녹번파출소 사거리 부근이었다. 어리둥절해하는 사이에 수정된 좌표가 날아왔다. 불광역, 이번에도 자신이 막 지나온 위치였다. 택시가 은평소방서를 지날 때 세 번째 좌표가 수신되었다. 이번에는 반대로 앞에 보이는 신도고등학교를 가리키고 있었다. 조금씩 상황이 이해되면서 머리카락이 쭈뼛 섰다. 잠시 뒤 구파발성당 앞에서 신호를 기다리던 중 네 번째 좌표를 받았다. 구파발역 2번 출구.

장길도는 재빨리 자세를 낮추고 고개도 푹 숙였다. 그리고 아주 천천히 눈을 들어 차창 너머를 훑었다. 택시 바로 오른편에 우편 배달 오토바이가 서 있었다. 풀페이스 헬멧에 가려 얼굴이 보이지 않았지만, 틀림없이 양파였다.

신호가 바뀌어 양파의 오토바이가 먼저 출발했다.

그가 시야에서 사라지자 계속해서 휴대폰으로 위치를 갱신했다. 아내가 있는 요양병원까지는 이제 몇 분 남지 않았지만 상대가 워낙 민첩한 친구라 안심할 수 없었다. 거리가 조금씩 멀어지다 다시 가까워졌다.

마침내 병원 정문에 내렸을 때 양파는 헬멧을 쓴 채 막 병동 입구로 걸어 들어가는 중이었다. 그가 두리번거리다 비상계단 쪽으로 향하는 걸 보고 엘리베이터에 탔다. 아내의 병실이 있는 7층에 내렸다. 복도를 재빨리 훑은 다음 비상계단으로 통하는 문 앞에 서서 귀를 기울였다. 손잡이에 기척이 느껴지는 순간, 와락 밀치며 안쪽으로 들어가 문을 닫았다. 헬멧 쉴드를 올린 양파가 놀란 눈으로 쳐다보았다.

"잠깐 내 말 좀 들어보게."

장길도가 양파 쪽으로 바짝 붙으며 말했다.

"이러지 마시죠."

양파의 차가운 대답은 장길도로 하여금 더 빨

리 생각하고 더 빨리 결정하도록 만들었다.

"일단 내 말부터 좀 들어봐."

"팀장님, 규칙을 알지 않습니까."

"제기랄 이 친구야, 저 여자는 내 아내일세."

그러자 양파가 혀를 차며 말했다.

"국가보다 가족이 우선이란 얘기군요. 팀장님 그런 분이셨어요?"

아니다. 그런 사람 아니었다. 그럴 거라 생각해 본 적도 없었다. 장길도는 국가에 봉사한다는 자부심으로 오랫동안 살아왔다. 아니라면 저 많은 노인들을 처리할 때 필연적으로 들러붙는 죄책감, 동족 살해에 대한 본능적인 혐오감을 극복하지 못해 정신이 이상해졌을 것이다. 군인들이 외부의 적과 대치하는 동안 장길도는 내부의 적과 대치해왔다. 둘 중 어느 한쪽의 결기와 희생이 덜하다고 말할 수 없다. 장길도는 사명감과 충성심이 투철한 사람이었고, 바로 그 덕분에 팀장의 자리에까지 오를 수 있었다. 적어도 현재의 노령연금TF팀 중에는 장길도만큼 길고 화려한 이력을 지닌 외곽 공무원이 없었다.

그런데 그 팀이, 그 조직이, 그 국가가 아내를 해치려는 중이었다.

"한 번만 도와주게나. 문제되는 건 내가 다 처리할 걸세. 몇 가지 생각을 하는 게 있는데 시간이 필요해. 이렇게 부탁하네."

양파가 싸늘하게 웃었다. 자신의 팔을 잡고 있던 장길도의 손을 매정하게 떨친 후, 눈을 똑바로 쏘아보며 고개를 가로저었다.

한 번, 두 번, 세 번.

헬멧으로 좁아진 시야 밖에서 장길도의 손이 어디서 뭐 하는지 간과한 건 젊음의 무모함이거나, 혹은 옛 동료에 대한 신뢰였을 것이다. 그 세 번째에 장길도가 잽싸게 헬멧을 위아래로 잡고 반시계 방향으로 휙 돌렸다. 으득, 하고 돌 씹는 소리와 함께 양파가 펄쩍 뛰어올랐다가 그대로 쓰러졌다. 계단 아래로 크게 한 바퀴 구르더니 벽을 등진 채 비스듬히 주저앉았다. 사지를 축 늘어뜨리고는 부들부들 떨었다.

장길도는 주저 없이 다가가 헬멧을 잡고 다시 한 번 반시계 방향으로 돌렸다. 이미 경추가 부러진 터라 거침없이 돌아갔다. 손가락에 침을 묻혀 양파의 코에 대보았다. 자율신경을 상실해 호흡 불능 상태였다. 크게 부릅뜬 눈의 동공이 빠르게 풀려가고 있었다. 보기 싫어 헬멧 쉴드를 아래로 내렸다. 주머니를 뒤져 신분증과 휴대폰을 꺼냈다.

저런, 하고 작게 중얼거렸다.

그 중얼거림은 오랜 버릇이었다. 눈앞의 불상사와 무관한 척함으로써 살인의 죄책감을 덜기 위한 일종의 자기방어. 언제부터인가 외곽 공무원들 사이에서 '죽인다'는 말이 '처리한다'는 말로, 그 말은 또 '가능성을 높인다'는 말로 대체된 것도 비슷한 까닭에서였다.

대면했을 때 놀라지 않은 것으로 미루어보아 양파는 자기가 누구를 맡았는지 알고 있던 모양이었다. 별로 원망스럽지 않았다. 장길도 역시 양파의 홀어머니를 담당했더라도 망설이지 않았을 것이다.

병실에서는 아내와 옆 병실의 안경잡이 노파가 담소 중이었다. 장길도를 먼저 본 노파가 짓궂게 말했다.

"누나 보러 왔네."

장길도는 노파가 그런 식으로 말하는 게 싫었다. 그것은 장길도와 한수련이 평생에 걸쳐 나눠 온 사적인 농담이기 때문이었다.

장길도는 20대 말, 군 복무를 마치고 대학에 복학해 한수련 씨를 처음 만났다. 당시 수련 씨는 교양 과목의 강사였다. 국가 보물로 지정된 도자기들의 역사와 미학을 설명하는 수업이었는데, 실력이 썩 좋은 건 아니어서 강사 혼자 열정을 활활 불태우고 수강생들은 죄다 엎드려 잠이나 자곤 했다. 하루는 잠에서 덜 깬 학생 하나가 손을 들어 시건방진 질문을 던졌다―저 오래되고 투박한 도자기들이 왜 요새 나오는 좋은 그릇들보다 비싼 거죠?

당황한 한수련 씨가 입을 다물고 뺨을 부풀렸다. 그러나 곧 배시시 웃더니 어깨를 으쓱하며 대답했다―이 오래되고 투박한 도자기들이 요새 나오는 좋은 그릇들의 부모니까요.

장길도가 곁에서 숙면 중인 복학 동기를 깨워

이렇게 말했다―저기 얼굴 하얀 선생님 보이지? 나 저 선생님이랑 결혼할 거야.

호감을 갖기 시작한 이상 아홉 살의 나이 차는 문제되지 않았다. 장길도는 한수련 씨를 군인 정신으로 쫓아다녔다. 호칭은 어느새 '선생님'에서 '누나'가 되었다. 그 대가로 장길도는 해당 과목에서 낙제점을 받았고 한수련 씨는 대학에서 해고되었다. 그리고 둘은 이태 후 결혼식을 올렸다.

요컨대 장길도의 '누나'는 40여 년 전의 그 일을 환기하는 애틋한 호칭인지라, 등장할 때마다 가슴을 뜨겁게 하는 역할을 해왔다. 방탄유리 두께의 안경을 쓴 옆방 노파가 함부로 입에 올릴 만한 단어가 아닌 것이다.

복도에서 떠들썩한 고함 소리가 들리더니 사람들이 우르르 비상용 계단 쪽으로 몰려갔다. 이제야 발견된 모양이었다. 양파가 그리 맥없이 무너진 이유는 단순하다. 양파는 장길도가 대화 또는 흥정을 하려는 거라고 오해했다. 반면에 장길도는 양파에게 그럴 자격도, 그럴 능력도 없음을 처음부터 알고 있었다. '이러지 마시죠'라고 양파가 말했을 때부터 장길도의 머리에는 신속하게 가능성을 높여야겠다는 생각밖에 없었다. 장길도는 그렇게 했다. 그렇게 할 수밖에 없었다. 이제 양파의 홀어머니에게는 산재 보험금과 유족 연금이 돌아갈 것이다. 적색 리스트에 크게 한 발 올려놓은 거나 마찬가지다.

장길도는 마음이 무거웠다. 수없이 겪었던 작업이지만 동료를 상대한 건 전혀 다른 느낌이었다. 양파의 신입 시절이 떠올랐다. 양파는 77세 노인을 매트리스와 벽 사이에 끼워둔 채 그 곁에 커다란 김장용 비닐을 깔고 앉아 물과 새우깡만 먹으며 나흘을 기다렸다.

그랬다고 한다. 사무실로 돌아온 양파에게서 장길도는 희미한 향내를 맡았다. 그러고 보니 눈도 조금 부어 있었다. 그게 몹시 인상적이었다. 첫 임무를 마치고 돌아오면 다들 반쯤 넋이 나간 얼굴이 된다. 자연스러운 일이다. 적색 리스트에 올랐다 해도 겉으로 보기에는 옆집 노인과 다를 게 없으니까. 그냥 무감각해지는 게 최고다. 물론 쉬운 일은 아니어서, 처음 한두 해 동안에는 다들 자기만의 방식으로 힘들어했다. 하지만 사찰에 들러 분향까지 한 이는 없었다. 눈물을 흘린 이도 없었다. 막 외곽 공무원이 되었을 무렵의 양파는 그런 아이였다.

그게 고작 5년 전이었는데.

7

경북 경주의 원 씨(82세, 남)는 너무나 평범해서 한 번 보고는 도저히 기억할 수 없는 외모다. 딱 하나, 눈썹 끝에 길쭉한 흉터가 희미하게 보이는 게 특징이라면 특징일 것이다. 어릴 적 3루 주자가 2루로 도루를 할 수 있는지 없는지 동네 형들과 언쟁을 벌이다 각목에 두들겨 맞아 생긴 상처다. 그 일에 관해서라면 원 씨 자신도 당시 왜 그토록 악을 쓰고 대들었는지 도저히 이해할 수 없노라고 토로한 적이 있다.

그는 중학교를 졸업한 이래 여러 직업을 전전했고 미장공으로 7년을 일하며 돈도 꽤 벌어보았지만 고작 18개월 근무한 경주정보고등학교 수위 자리를 가장 명예롭게 생각했다. 50대 후반에 바로 그 학교에서 해고된 뒤로는 20년 넘도록 일정한 월급을 받아본 적이 없었다. 원 씨는 부랑자들을 감시할 목적으로 시에서 운영하는 가로변 정비에 단골로 투입되었으며, 저녁에는 작은 수레를 끌고 다니며 공병과 폐지를 주웠고, 주말에는 경주순복음교회에 나가 평균 연령 100세 노인들 틈에서 찬송가를 울부짖었다.

독거노인의 생사 여부를 체크하는 게 임무인 동천동 주민센터 소속 공무원이 문을 열었을 때 원 씨의 몸은 아직 따뜻했다. 하지만 방범 창틀에 노끈으로 목을 맨 채 대롱대롱 매달려 있었기 때문에 공무원은 일단 '死'에 체크를 하고는 119에 연락했다.

'死'는 성급한 조치였다. 구급대원이 도착해 바닥에 끌어 내렸을 때 원 씨의 심장과 폐는 멎어 있었으나, CPR(심폐소생술)을 실시하려고 손을 가슴에 올리자마자 기다렸다는 듯이 숨을 쉬기 시작했다. 계명대 경주동산병원으로 옮겨 검사를 해보니 뇌손상의 징후가 보이긴 했어도 아무튼 살아 있었다. 고비라는 그날 밤이 지나고 또 하루가 지나도 살아 있었다. 이틀이 지나도 여전히 살아 있었다. 심지어 사흘째 날에는 눈을 뜨고 눈물을 흘리고 입술도 꼬물거렸다. 죽음에서 부활하는 속도가 예수님에 육박했다. 병원의 일용직 근로자들 사이에는 원 씨의 만수무강을 응원하는 팬클럽까지 생겨났다.

병원에 도착한 지 닷새가 되던 날 밤에 원 씨는 병실 창문을 통해 아래로 떨어져 사망했다. 누구든 잡히기만 하면 실력을 보여주려고 벼르는 의사가 주변에 득실거렸음에도 이번엔 심장이 파열되었기 때문에 어찌 손써볼 틈이 없었다.

그런데, 왜?

아무도 모른다. 하지만 모두의 추측은 비슷했다. 원 씨는 늙었다. 가진 게 없고, 별 희망도 없고, 하루하루 지치기만 했다. 살아 있으면 뭐 하나. 병원비는 또 누가 내나. 왜 굳이 이 고생을 하나.

그랬던 게 아닐까.

이러한 추측은 꽤 합리적이어서 부검이 생략되었다. 국가는 모든 죽음을 부검할 만큼 한가하지 않다.

그게 다 국민의 세금이다.

8

　새벽 세 시, 더없이 애매한 시간.

　늦은 끝과 이른 시작의 중간. 밤과 아침의 말랑말랑한 교집합. 그 시간에는 추함과 아름다움의 구분이, 옳고 그름의 차이가 무의미해진다. 모든 각자가 먼지처럼 정체성을 잃고 무목적의 행렬에 뒤섞여 장엄하게 유보되는 시간. 그리고 사과의 시간.

　새파란 사과 두 알의 시간.

　벌써 40년이 넘었다. 국민연금공단의 신입 공무원으로 하루하루 바쁘게 일하던 시절, 그때를 생각하면 언제나 전력 질주를 하고 난 것처럼 가

슴이 뛰었다. 실제로 장길도는 그 당시 툭하면 전
력 질주를 했다. 출근 때도 퇴근 때도 전력 질주
를 했다. 자기 남편이 얌전하게 버스를 타는 대신
정신 나간 사람처럼 뛰어다닌다는 걸 알았다면
아내 수련 씨는 아마 깜짝 놀라 뺨을 부풀렸을 것
이다. 돈 때문이 아니었다. 그녀에게서 멀어지거
나 그녀에게로 가까이 갈 땐 죽어라 뛰어야 직성
이 풀렸다. 아니다, 그게 아니다. 뛰건 뛰지 않건,
그녀의 존재 자체로 가슴이 뛰었다. 아니다, 그게
아니다. 수련 씨만 보면 심장이 터질 것 같아서,
그렇게 뛰기라도 하지 않으면 탱탱한 육신의 에
너지가 폭발해 엉뚱한 누군가를 다치게 할 것 같
아서 그랬다. 그래, 그것이다.

하루는 아내가 문득 사과가 먹고 싶다고 했다.
바람이 살갗을 예리하게 저미던 어느 겨울이었
다. 장길도는 눈이 펑펑 오는 밤길을 다섯 시간
에 걸쳐서 40km나 뛰었다. 그렇게 뛰어 결국 파
란 사과 두 알을 구해다 아내에게 바쳤다. 새벽
세 시에 눈을 비비며 일어난 아내는 생글생글 웃
으며 그 두 알을 단숨에 먹었다, 하나 먹어보라는

말도 없이.

삐삐에 신호가 왔다. 진동 소리가 꽤 커서 혹시라도 들었을까 걱정되었지만 아내는 아주 곤하게 자고 있었다. 표시창에 식별번호 여섯 자리 숫자와 별표가 찍혀 있었다. 그가 새로 배정된 담당자인 것이다.

상황이 좋지 않았다.

정년퇴직이 얼마 남지 않은 곱등이는 팀에서 장길도와 가장 엇비슷한 경력을 지닌 외곽 공무원이다. 하지만 장길도와는 달리 세월을 거치며 인간이 자연스레 체득하는 덕목, 이를테면 너그러움이나 배려심 같은 면모를 한 톨도 갖추지 못했다. 성격이 불같고 일처리가 매우 거칠었다. 아니, 성정 자체가 잔인한 사람이라 보는 편이 정확할 것이다. 그는 고령연금 수급자들에게 매우 무례했다.

적색 리스트에 오른 과다 수급자를 처리할 때 노령연금TF팀의 외곽 공무원들은 주로 '가능성을 높인다'고 표현한다. 어차피 인생은 수많은 위험에 노출되어 있다. 사람의 목숨이란 참으로 질긴 것 같으면서도 또 한편으로 보면 피로 가득 찬 풍선과 다를 바 없다. 자그마한 바늘 하나에 숨이 끊어지는 경우가 그토록 많은 것이다. 장길도의 팀은 풍선 주위에 압정을 몇 개 슬그머니 놓아둠으로써 조기 사망의 가능성을 높이는 작업을 해왔다. 일이 완벽하게 처리될 경우 그 압정은 수십 년 전부터 그 자리에 있었던 것처럼, 그러므로 죽음은 안타깝게도 본인의 부주의 또는 불운에 따른 것처럼 여겨진다. 물론 압정 밭을 데굴데굴 뒹굴면서도 안 터지는 풍선이 가끔 있다. 그럴 경우에는 어쩔 수 없이 강제로 처리해야 한다. 대부분의 외곽 공무원들은 가능한 모든 수단을 동원하다 이도저도 안 먹히는 마지막 벽에 부딪히고 나서야 강제로 처리한다.

하지만 곱등이는 전혀 달랐다. 압정을 슬그머니 놔두는 건 그의 스타일이 아니었다. 그의 스타일은 회칼이나 죽창에 가까웠다. 그는 자신의 업무를 공공연하게 '처형'이라 칭하고 다녔다. 가끔은 '조져버린다'고 표현하기도 했다. 그에게 납입액을 훌쩍 상회하는 노령연금 수급자들은 그야말로 국가의 고혈을 빨아먹는 역적이었다. 그가 담당한 노인들은 일산화탄소 중독이나 낙상 사고로 죽는 법이 없었다. 불에 타 죽거나 물에 빠져 허우적대다 익사했다. 가장 큰 문제는, 곱등이가 노인들의 고통을 즐긴 나머지 전혀 사고사로 안 보일 때도 있다는 점이었다. 아무리 뺑소니를 당했다손 쳐도 자기 집에 두 발로 걸어 들어가서 손녀 아침밥까지 차려준 할머니가 한나절 뒤 수십 군데 골절과 내장파열로 죽어 발견된다면 이상하지 않겠는가. 경찰에서 벌이는 조사야 적당히 넘어갈 수 있지만 일이 잘못되어 민간 보험사에서 조사에 착수하기라도 한다면 얘기가 달라진다. 그 때문에 몇 번이나 해고될 뻔했는데, 과다 수급자 처리 속도가 최고라고 치켜세우며 매번 위기에서 구해준 게 바로 팀장인 장길도였다. 말하자면 장길도는 곱등이의 은인이었던 셈이다.

혹시 곱등이가 그 고마움을 마음에 담아두고 있지 않을까?

아내가 뒤척거리며 반대로 돌아누웠다. 그 바람에 발목이 담요 밖으로 삐져나왔다. 장길도는 아내의 새하얀 발을 잠시 들여다보았다. 원래 저리 하였던가? 모를 일이었다. 한 사람의 전부를 알려면 우주만큼 장수해야 할 것 같았다. 발을 덮어주려 다가가다 맥없이 날아다니는 모기 한 마리를 발견했다. 손바닥으로 후려쳤다. 흰 병실 시트 위에 떨어진 모기를 엄지와 검지로 집어 올렸다. 다리를 부들부들 떨고 있었다.

'11월인데 아직도 살아 있다니', 하고 장길도는 생각했다. '참 염치없는 모기군.'

두세 차례 비벼 먼지로 만들었다. 그 구체적이고 사실적인 동작이 잠시 품고 있던 장길도의 감상적인 희망을 단방에 깨뜨려주었다. 무릎을 꿇어 애원한다고 질끈 눈감아줄 전 동료가 과연 몇이나 될까?

없다.

0이다.

곱등이는 그중에서도 가장 악질이다.

사과가 먹고 싶었다. 새파란 사과 한 알이 먹고 싶었다.

따져보면 꼭 0은 아니다. 국회가 있지 않은가.

그녀가 도와주지 않았다면 장길도는 벌써 수련 씨의 장례를 치르고 있었을 것이다. 그처럼 유능한 동료가 도와준다는 건 분명 대단한 일이다. 하지만 부족하다. 장길도 팀의 외곽 공무원이 총 열한 명이었다. 기금합리화지원실에는 그와 같은 TF팀이 적어도 일곱은 되고, 직속상관인 연금이사에게는 그와 같은 지원실이 총 다섯에 달한다. 기획이사나 기금이사, 복지이사 등 국민연금공단 전체로 범위를 넓히면 헤아리기 곤란할 정도다. 그럼 국민연금공단 바깥에는? 더 알 수 없다. 노화라는 국가적 동맥경화를 막기 위해 얼마나 많은 기관에서 외곽 공무원이 암약하는지는 아무도 알지 못한다.

그리고 지금, 그들 모두를 눈여겨보아야 한다.

장길도는 바보가 아니었다. 그 전부를 상대할 수 없다는 사실 정도는 알고 있었다. 미친 살인마가 되어 날뛴다 하더라도 시스템은 매 시간 새로운 그들을 뽑아 아내에게 보낼 것이다. 장길도는 자신의 싸움이 얼마나 가망 없는지 알고 있었다. 끝내 이길 수 없다는 걸 잘 알고 있었다. 그럼에도 포기하지 않고 이처럼 억지를 부리는 이유는, 포기하고선 감히 살아갈 용기가 없기 때문이었다. 담요 밖으로 드러난 수련 씨의 새하얀 발 같은 것들이 장길도 나이 70에 가진 전부였다.

신호가 왔다.

이번에는 곱등이의 좌표였다. 확인해보니 다행히도 광주 외곽이었다. 지방 출장을 간 모양이다. 최소한 대여섯 시간의 여유가 있다는 뜻이다.

장길도는 어깨의 소염 패치를 새로 갈면서 마음을 굳게 고쳐먹었다. 가망 없는 싸움을 하는 자신도 이리 힘든데 그 가망 없는 싸움을 몰래 도와주는 국희는 또 얼마나 힘들겠는가. 좌우간 방법을 찾아야 한다. 조직을 노출시킬 위험을 감수할 순 없으니 처음부터 외부의 도움은 바라지 않았다. 사정을 잘 아는 내부인이되 상부의 지시가 아니라 장길도의 부탁에 집중해줄 사람이 필요했다.

거짓말 같게도 그런 사람이 한 명 있다.

인형술사라 불리는 사람.

9

경남 진주의 최 씨(83세, 여자)는 날라리 여고 생 시절에 아버지에게 붙들려 머리를 빡빡 깎인 후 첫 번째 자살을 시도했다. 그 사건은 최 씨의 팔목에 뚜렷한 흉터를 남겼다. 새마을금고에 근무하던 22세 때 동네 청년에게 강간을 당하고서는 목을 매 두 번째 자살을 시도했고, 그 후유증으로 말투가 조금 어눌해졌다. 세 번째 시도는 47세 때였는데, 철도원인 남편이 기차는 안 몰고 화투짝이나 돌리는 바람에 집안이 쫄딱 망하자 온 가족이 모여 앉아 번개탄을 피웠다. 일이 잘된 건지 잘못된 건지 남편만 죽고 최 씨와 삼류 대학에

다니는 외동아들은 멀쩡히 살아남았다.

아비를 닮아 난봉꾼 싹이 보이던 아들은 그 일이 있고 나서 뭔가 깨달은 바가 생긴 모양이었다. 하루 두 갑씩 피우던 담배와 세 병씩 마시던 소주를 딱 끊었다. 매 학기 내리 장학금을 받더니 졸업과 동시에 대기업에 입사했다. 처음에는 '그래 봤자 핏줄이 어디 가겠어' 생각했고 다음에는 '꽤 독한 녀석이네' 생각했지만 나중에는 '내가 언제 바람이라도 피워서 쟤를 낳았나' 하고 생각했다.

그렇게 16년이 지났다. 일요일도 없이 파출부 일을 한 최 씨와 야근을 밥 먹듯이 한 아들은 각자의 통장에 든 돈을 모두 인출해서 한데 모았다. 그리고 반지하 사글세 단칸방을 떠나 상대동의 신축 빌라에 입주했다. 어느새 흰머리가 듬성듬성 난 노총각 아들과 이미 허리가 굽어가는 할머니가 된 최 씨는 가구도 가전도 하나 없이 텅 빈 빌라에 주저앉아 부둥켜안고 울었다. 살아 있길 잘한 것 같았다.

이후 모든 게 탄탄대로였다. 관리직으로 승진한 아들은 야근을 그만두었다. 최 씨 또한 토요일과 일요일은 파출부 일을 하는 대신 집안 살림을 돌보았다. 그래도 적금은 계속 쌓여갔다. 아들이 어쩐지 주말마다 잘 차려입고 나간다 했더니 저만큼 착하고 독한 여자를 데리고 왔다. 벌써 40대 중반인 아들이랑 결혼시키기엔 아까울 정도로 근사한 아가씨였다. 결혼 후 한 해 만에 예쁜 손자를, 다시 이태 만에 예쁜 손녀를 얻었다. 살아 있길 정말 잘한 것 같았다.

그때까지는 그렇게 생각했다. 하지만 인생이란 이렇게 가다가도 저렇게 가고, 저렇게 가다가도 이렇게 가는 것이다. 삶에 직선 같은 건 없다. 희망도 절망도 오래가지 않는다. 참으로 알쏭달쏭한 일이다. 최 씨는 어느 비 오는 밤에 발생한 교통사고로 아들 부부와 손자를 한꺼번에 잃었다. 최 씨의 나이 70, 자살하고 싶어도 이제 막 걸음마를 떼기 시작한 손녀딸을 대신 지켜줄 사람이 없었다.

이제 최 씨 인생에 남은 마지막 목표는 손녀를 돌보는 것이 되었다. 손녀는 예뻤다. 영리했다. 키도 또래보다 컸다. 그리고 아들을 닮아 몹시 착했다. 최 씨만 그렇게 생각한 게 아니었다. 유치원 교사들도 초등학교 선생님들도 손녀를 눈에 띄게 편애했다. 교칙이 엄하며 공부를 많이 시킨다는 삼현여자중학교에 입학해서도 손녀는 전혀 주눅 든 기미가 없었다. 주말마다 자원봉사니 뭐니 하며 돌아다니는데도 1학년 내내 전교 10등을 벗어나지 않았다. 하루는 손녀를 멍하니 바라보고 있자니 그간 부모도 없이 잘 자라준 게 대견하면서도 한편으로는 안쓰럽고 불안한 마음 또한 들어 가슴이 콱 메었다. 세상 전부만큼 사랑하는 손녀에게 솔직히 털어놓으면 좋았을걸, 서울로 대학을 가게 되면 그때부터는 용돈도 남자친구도 스스로 알아서 하라며 그만 마음에도 없는 농담을 던지고 말았다.

다음 날 최 씨는 교회에 새벽기도 다녀오던 중 남강초등학교 부근에서 뺑소니를 당했다. 마침 지나가던 구면의 신문배송 트럭 운전사가 발견하고 병원으로 데려가려 했으나, 손녀가 학교 가기 전에 아침밥을 해 먹여야 한다며 극구 손사래를 쳤다. 최 씨는 상대동 집으로 돌아와 무사히 손녀의 식사를 차려주었다. 밥을 맛있게 다 먹은 손녀는 학교에 갔다가 방과 후 깡충깡충 뛰어 귀가했다.

그리고 거실에 피를 토하고 쓰러져 있는 최 씨를 발견했다.

부검 결과 엉덩이의 천골을 비롯한 전신 스물한 군데 골절상에 네 군데 인대 파손 및 일부 장기의 출혈이 발견되었다. 세상에 그런 몸으로 어떻게 밥을 차려주셨냐며 손녀가 울자 이웃도 울고 교회 신도들도 울고 하늘도 울고 땅도 울었다.

당연히 그런 몸으로는 밥을 차릴 수 없다.

10

어렸을 때 노인을 보면 그저 그런가 보다 생각했다. 청년 시절에는 노화에 대해 철학적으로 접근해보았고, 조금 더 나이가 들어서는 기력이 쇠한 노인들에게 동정심을 느꼈다. 이제 장길도는 자신에게도 다가온 그 늙음이 마냥 두렵고 두렵다.

인형술사는 청계천로의 전태일 동상 옆에 서 있었다. 빵모자를 쓰고 손에는 나무로 된 지팡이도 하나 들고 있는 모습이 전태일 동상보다 더 동상 같았다. 출근 시간이 막 지난 터여서 행인이 많지 않았다. 바람이 찼다.

인형술사가 휴대폰으로 약속 장소의 좌표를 전송해왔을 때 장길도는 의아하게 생각했다. 그들은 수십 년간 외곽 공무원 생활을 거치며 남의 눈에 띄지 않는 곳으로만 다니는 버릇이 몸에 배었기 때문이다. 그러나 인형술사가 호리호리하게 마른 80대 후반 노인네라는 점을 감안하면 과히 이상한 일도 아니다. 괜히 으슥한 곳에서 미적거렸다가는 적개심이 가득한 젊은이들에게 공격당하기 일쑤인 세상이다. 그들 노인차별주의자들은 자기 세대가 겪는 모든 궁핍을 전부 늙은이들 탓으로 돌리곤 했다.

그는 장길도의 스승이었다. 기금합리화지원실 소속의 장애연금TF팀, 유족연금TF팀 등 여러 팀 중에서도 가장 업무가 많은 노령연금TF팀의 살아 있는 전설이며, 은퇴 무렵에는 기금합리화지원실TF팀 전체를 지휘하기도 했다. 특히 자신이 직접 연수를 맡아 교육시켰던 장길도를 예쁘게 보아 심각한 사태로 번질 수 있던 실수를 감쪽같이 수습해준 적도 몇 번 있었다. 이를테면 언젠가 장길도가 처리했던 노인이 저승에서 돌아오는 바람에 문제가 생겼을 때 팬클럽으로 위장하고 접근하여 그 불사신 노인을 다시 저승으로, 아니 병실 창밖으로 던져준 게 바로 인형술사였다.

그러한 사이임에도 불구하고 18년 전 인형술사가 은퇴한 이후 첫 만남이었다. 실은 만날 수 없었다. 업무 특성상, 팀의 외곽 공무원들은 조직을 보호하기 위해 많은 작업을 독자적으로—물론 정보를 담당하는 국회의 지원을 받아— 결정하고 처리한다. 때문에 그들끼리의 사적 교류는 엄격히 금지되며, 이는 퇴직자에게도 영구히 적용되는 원칙이다. 모든 외곽 공무원들은 팀으로 발령받는 단계에서부터 서약서를 통해 스스로 인신을 구속하며, 어길 경우 애국법의 선동 및 소요 방지법에 따라 비밀재판을 거쳐 가혹한 처벌을 받게 된다.

일단 연수까지 마친 다음에는 실수로 작업을 노출해 군 교도소에 가거나 머리가 이상해져 병원 신세를 진 사람은 있어도 시스템을 배반한 사람은 없었다. 박봉과 주 6일 근무라는 열악한 환경에서 외곽 공무원들은 오로지 애국심 하나만으로 국가의 노화한 세포를 처리해왔다. 그들에게 부과된 무조건적인 헌신과 노고에는 동료의 결혼식에 초대받아 간다거나 주말에 함께 배드민턴을 치는 등의 평범한 일상을 포기할 의무 역시 암시되어 있다. 인형술사에게 연락을 취한 장길도는 그 의무를 저버린 것이다. 만남을 허락한 인형술사 역시 그 의무를 저버린 것이다. 죄송한 일이지만, 그러나 장길도는 스승이 자신을 만나주리라 예상하고 있었다. 그 정도의 위치까지 올랐던 사람이라면 지금 벌어지는 사태를 고주알미주알 일러바칠 내부자가 당연히 있지 않겠느냐는 짐작에서였다.

둘은 은퇴 생활에 대한 고만고만한 얘기를 나누며 청계천로를 따라 종각 방향으로 걸었다. 그 와중에도 장길도는 호주머니에 든 삐삐에서 무슨 신호가 오지 않을까 계속해서 주의를 기울였다.

"자네 처는 요즘 어떻고?"

인형술사가 물었다.

"스승님, 실은 도움이 필요합니다."

인형술사는 여전히 앞을 보며 똑같은 보폭으로

걸었다.

"수련 씨가 적색 리스트에 올랐답니다."

"그래, 내가 무얼 해줄 수 있겠나?"

역시 다 알고 있었던 것이다, 하고 장길도는 생각했다. 그렇다면 그의 내부자는 누구일까?

"제가 밖에서 일을 처리할 때 병원의 아내 곁에 잠깐씩 계셔주시면 됩니다. 며칠 안 걸릴 겁니다."

그 말에 인형술사가 허허 웃었다.

어쩌면, 하고 장길도가 급히 정정했다. "어쩌면 조금 걸릴 겁니다. 하지만 빨리 처리하겠습니다."

"어떻게?"

인형술사가 물었다.

"어떻게 처리할 건가?"

이보게, 하고 인형술사가 목소리를 낮추며 단단히 말을 이었다.

"자네, 승산이 없다는 거 알고 있지 않나."

알고 있었다. 승산이 전혀 없다는 걸 잘 알고 있었다. 그게 문제였다. 승산이 없어 힘이 쭉 빠지지만 그럼에도 불구하고 저항하지 않을 수 없는 게 문제였다. 사과가 먹고 싶었다. 수련 씨는 한번 먹어보란 말도 없이 파란 사과 두 알을 혼자 먹어버렸다.

"자넨 좋은 사람일세." 인형술사가 말했다. "자네가 담당한 이들은 모두 품위 있게 생을 마쳤네. 늙고 병들어 손가락질 당하는 삶에 견주면 자네가 훌륭한 자비를 베푼 걸세."

장길도는 병원을 나서기 전, 새벽의 여명 속에서 수련 씨의 잠든 얼굴을 보았다. 배시시 미소를 지으며 자는 것은 수련 씨의 버릇이다. 이제 세상에 없는 장모의 말에 따르면 수련 씨는 막 태어났을 때도 우는 대신 그렇게 배시시 웃었다고 한다. 그렇게 웃는 사람은 자기 생을 사랑하는 사람이다. 그리고 어떤 개새끼가 미쳤다고 감히 내 아내한테 손가락질을 한단 말인가.

"나도 폐가 좀 문제지." 인형술사의 말이 이어졌다. "고통스럽다네. 오늘처럼 쌀쌀한 날에는 이리 천천히 걷는 것도 힘이 들어. 오래 병석에 누워 있는 자네 처는 얼마나 더하겠나."

'하지만', 하고 장길도는 생각했다. '수련 씨는

늘 진짜로 웃습니다. 제가 가짜로 웃는 것과 진짜
로 웃는 것도 구별 못 하겠습니까.'

광장시장 뒤편을 지나 계속 걸었다. 관수교 초
입에서 작고 단단해 보이는 중늙은이 한 명이 허
름한 공연을 벌이고 있었다. 몸에 달라붙는 옷을
입고서 음악에 맞춰 건들건들 춤을 추는데, 이때
다 싶으면 손바닥으로 사정없이 제 뺨이랑 가슴
팍이랑 허벅지를 짝 탁 팍 후려치는 통에 춤이라
기보다는 리듬을 중시하는 고행 같았다. 짝 탁 팍
소리에 놀란 행인들이 서둘러 동전을 갖다 바쳤
다. 꽤 쏠쏠해 보였다. 자기 몸을 때려 자기 몸을
먹여 살리는 위인이었다.

"자네가 좋은 방식으로……."

"도와주십시오."

스승의 말을 자르며 장길도가 말했다.

"아……."

인형술사가 짧게 탄식했다. 장길도는 그걸 승
낙으로 받아들였다. 둘은 관수교를 건너 종로3가
역으로 걸어갔다.

지하철은 늙은이가 밥 먹는 속도로 달렸다. 하

지만 불평하는 사람은 없다. 어차피 시간이 남아
도는 이들만 지하철을 타기 때문이다. 장길도는
주위를 둘러보았다. 온통 노인들이었다. 하나같
이 '내가 경험이 많아 다 안다'는 표정과 '나이 들
어서 창피하다'는 표정을 함께 짓고 있었다. 전자
는 별로 믿음이 가지 않았고, 후자는 너무 당연
해 하나 마나 한 소리였다. 그들의 무임승차를 벌
충하기 위해 젊은이들의 지하철 요금은 어지간한
밥 한 끼 값을 넘은 지 오래다. 값싼 고령 인력 때
문에 제대로 된 직장도 갖지 못하는 젊은이들이
지하철을 이용하지 못하는 건 당연한 일이다.

"안에서 돕는 건 누군가?"

합치기로 한 입장에서는 당연한 질문일 것이
다. 그러나 온통 노인들로 둘러싸인 공간에서 인
형술사의 완숙한 목소리를 듣는 순간 왠지 모르
게 경계심이 들어버리고 말았다. 장길도는 순간
적으로 곱둥이의 이름을 댔다.

"든든하겠군. 수완이 좋은 친구라고 들었네."

잔인한 걸 '수완이 좋다'고 표현할 수도 있는
것이다. 장길도 역시 업무 처리 속도 운운하며 그

를 변호한 적이 수차례 있으니 그게 그거였다. 공
단 입장에서야 기금안정성 확보가 TF팀을 운영
하는 가장 중요한 목적이기에 악성 수급자들만
많이 처리해주면 믿음직스러워 보일 게 당연하
다. 그러나 애국심 하나로 봉사하는 외곽 공무원
들의 생각은 조금 다르다. 그들 대부분은 국가가
처한 곤경을 인식하고 명령을 수행하되, 어쩔 수
없이 적색 리스트에 오른 노인들을 안타깝게 여
겨 가능한 최선의 예의를 갖춰 삶을 마무리 지어
주고자 했다.

곱등이는 예외였다. 팀장으로서 점검차 슬쩍
둘러본 그의 사후 현장은 늘 형언할 수 없는 적의
로 가득 차 있었다. 그는 팀의 암묵적인 방침, 먼
저 가능성을 높여본 후 마지막 수단으로 직접 처
리한다는 원칙을 예사로 어겼다. 심지어는 처리
하기 전에 고문을 한다는 소문도 들은 적이 있었
다. 이 모든 사실에도 불구하고 장길도가 곱등이
를 변호했던 이유는 그의 과거에 담긴 진심을 믿
었기 때문이다. 곱등이는 본디 충북 청주의 유능
한 119대원이었다. 그런데 사람을 살리려는 의

욕이 너무 컸던 나머지 두 차례나 무면허 의료행위로 고발되었고, 심지어는 유족들에게 고소까지 당해 큰 고초를 겪은 바 있다. 그 일로 응급구조사 일을 그만두고 새로 얻은 직장이 바로 국민연금공단 TF팀이다.

그가 수련 씨를 노리고 있다.

무악재역에서 노부부가 선로에 뛰어들어 자살소동을 벌이는 바람에 열차가 5분가량 지체되었다. 보아하니 정말로 죽을 마음은 없는 이들이었다. 울고불고 소동을 피워봤자 그들은 가짜다. 훌쩍거리는 신세 한탄 좀 들어주면 개운한 얼굴이 되어 방구석으로 기어 들어갈 가짜다.

진짜는 그렇지 않다. 진짜는 기립 박수가 나올 만큼 박력 있다. 선로에 누워 기다리는 대신 달려오는 열차에 정면으로 달려들어 박치기를 한다. 혼신의 힘을 다해 덤벼들기에 아무리 고성능 센서가 달려 있어도 제때 차량을 멈출 수 없다. 대부분 즉사하지만, 불행히 그렇지 못했을 경우에는 과다출혈로 심정지가 올 때까지 맹렬하고 단호하게 응급구조 대원을 밀쳐낸다. 그게 진짜다.

장길도는 그런 진짜를 여럿 보아왔다. 어떤 노인은 사망 보험금을 노리고, 어떤 노인은 사랑하는 가족의 부담을 덜어주기 위해, 또 어떤 노인은 순전히 홧김에 자기 몸을 찢었다. 비록 노인이지만 장길도는 그들에게 애틋한 동지애를 느껴왔다. 죽은 노인은 착한 노인이다. 자살한 노인은 우리 사회의 동지다.

수련 씨는 자고 있었다. 바로 옆에서 부스럭 소리가 나도 깨지 않았다. 통증이 심해 수면 주사를 요청한 모양이었다. 뭔가를 추측하는 것만으로도 사람의 마음이 아플 수 있다는 건 참 묘한 일이다. 장길도는 인형술사에게 의자를 내주고 천장에 달린 텔레비전을 켰다. 하필 노인의 굼뜬 행동을 조롱하는 코미디 프로그램이 흘러나왔다. 노인으로 분장한 코미디언이 어린이로 분장한 코미디언에게 '나도 한때 너처럼 젊었다'고 주책을 한사발 떨고 있었다. 두 코미디언 모두 실제 나이가 여든이 넘었기에 노인이 노인을 조롱하는 꼴이었다. 장길도와 인형술사는 서로를 의식하며 슬그머니 실소했다.

그에게 맡긴 후 병실을 나오자 장길도는 비로소 한시름 놓인 기분이 들었다. 인형술사가 비록 늙고 병들었지만 필요한 건 힘이 아니라 주의력이다. 대명천지에 어떤 외곽 공무원이 힘으로 사람을 해치려 들겠는가. 전문가들이 높여놓는 가능성을 알아채고 그에 방비하면 되는 것이다. 인형술사라면 전문가들의 전문가라 부를 수도 있을 터이다.

외곽 공무원들에게는 각기 선호하는 방식, 일종의 장기라는 게 있다. 예컨대 장길도의 경우에는 사체 외관의 훼손이 드문 자동차 배기가스나 번개탄 방식이 장기였다. 빠르고 조용하고 깔끔하게 사망하기 때문에 감동적인 사연을 조작해 고인에게 선물하기 좋았다. 인형술사의 특기는 사람의 마음을 조종하는 것이었다. 그는 특히 다치고 상처 입은 마음을 어떻게 움직이는지 선험적으로 아는 것 같았다. 언젠가 재판정에서 심리 도중 별안간 혀를 깨물어 자살한 사람이 있었다. 그는 81세의 전직 교사였고, 치매에 걸린 노파를 무려 14년 동안 간호해온 효자였다. 그런데 망치로 어머니를 살해해 세상을 떠들썩하게 만들었다. 뒤이어 자신도 살해했으니, 인형술사는 그걸 일컬어 '일타쌍피'라 했다.

영리한 사람에게 뒤를 맡겼다는 든든함 때문인지 그간 참아왔던 피로가 몰려들었다. 현기증이 나는 것처럼 어질어질했고 속도 울렁거렸다. 자두 맛 사탕 하나로 당을 보충했다.

필요한 건 다만 약간의 시간이다. 사흘이나 나흘, 길어도 일주일이면 충분하다. 그 시간 동안 어떻게든 수련 씨에게 가상의 근로소득을 발생시켜 부정 수급자로 만들어버리면 연금 수급 자격이 박탈될 것이고, 그간의 연금도 환수될 것이며, 자연스럽게 적색 리스트에서도 제외될 것이다. 연금 수급 개시 직전인 68세부터 숨겨둔 근로소득이 있었던 걸로, 이미 생각을 다 해두었다. 제보 서류는 대충 꾸며도 별 탈 없을 것이다. 연금 지급액이 줄어드는데 국민연금공단에서 서류의 진위를 트집 잡을 리는 만무하다. 괜히 부스럼을 만들지 않도록 수련 씨에게 잘 얘기해두기만 하면 된다. 물론 그만큼의 시간적 여유가 공짜로 생길 리는 없다. 이제부터 어떻게 움직이느냐에 달려 있다.

지하철역으로 향하며 부지런히 삐삐를 확인했다. 새벽에 광주 외곽에 있는 곱등이의 좌표를 받은 이후로 국희로부터 소식이 끊겼다. 만약 곱등이가 그 직후에 출발을 했다면 이미 서울에 도착해 움직이고 있을 터이다. 하지만 그럴 경우 국희가 벌써 좌표를 전송하지 않았겠는가. 이제 와 갑자기 등을 돌릴 리는 없으니, 곱등이의 서울행이 지연되었기 때문에 정보 갱신을 미루고 있는 게 틀림없다.

물론 사람 목숨이 희망으로 지켜지진 않는다. 장길도는 국희에 대한 자신의 무한 신뢰가 불안했다. 그러나 국희를 믿지 않는다면 속수무책이다. 믿을 수 있고 없고를 선택할 여유가 없다. 무조건 믿어야 한다. 설령 이 모든 게 함정이라도, 그 함정으로 들어가는 것 외에는 달리 방법이 없다. 극도로 몰린 상황에서는 막연한 불안보다 차라리 눈에 보이는 함정이 살가운 법이다.

구파발역에 도착해 열차를 기다렸다. 충무로역

에서 갈아타 4호선 한성대입구역까지 가기로 했다. 곱등이가 지방 출장에서 돌아와 미아동 자기 집에 먼저 들를지 수련 씨에 대한 자료를 수령하러 충정로 국민연금공단 서울북부지역본부로 먼저 갈지 모르기에 그 중간쯤에서 대기하기 위함이었다.

오래지 않아 열차가 도착했다. 전체 열 량의 객차 중 여덟 량이 노인 전용 경로 차량이었다. 장길도는 별생각 없이 일반 차량에 탑승했다. 뭐가 일반 차량이라는 건지 양 옆으로 길게 난 좌석이 죄다 노란색 경로석이었다.

장길도는 노인들 몇 무더기를 피해 구석진 곳으로 이동했다. 그런데 좌석에 앉으려는 찰나, 삐삐의 진동이 느껴졌다. 장길도는 첫 번째 진동이 끝나기도 전에 삐삐를 꺼내어 선 채로 확인했다. 그리고 불에 덴 듯 객차 밖으로 뛰쳐나왔다. 기다리던 좌표가 아니라 담당자 식별번호였다. 별안간 담당자가 교체된 것이다. 그리고 교체된 담당자의 식별번호는 근래 사용되는 것과 달리 다섯 자리로 끝나는 구식이었다.

가슴이 콱 막히는 게, 흡사 협심증이 도진 기분
이었다.

11

"자살이지 뭐. 어쩔 수 없던 거지."

"뭐를?"

"싫은 거지."

"뭐가?"

"제가 늙은 게 싫은 거지. 유서에 이런저런 사
연을 남겨봤자 조사해보면 결국은 그게 그거지,
팍삭 늙은 게 싫은 거지."

"그게, 그런 건가?"

"암 그렇고말고. 그래서 자신을 공격하는 거
지."

"자신을 공격하는 사람도 있나?"

"있지."

"누구?"

"늙은이들."

은퇴한 전직 공무원 장 씨(70세, 남)는 서울 성북구 자신의 집에서 전깃줄로 목을 맨 채 발견되었다. 서랍에서 나온 달랑 넉 줄짜리 유서에는 오래 앓던 아내의 죽음에 상심하여 삶의 동기를 잃었다고 적혀 있었다. 장 씨 부부를 오래 보아온 이들은 아내를 떠나보낸 장 씨가 자살을 안 했다면 그게 더 이상한 일일 거라고 입을 모았다. 사람들이 상처받은 서로에게 더 관심을 갖지 않는 한 이러한 죽음은 끝없이 계속될 것이다.

그 덕에 사회는 숨통을 트고, 한층 젊어진다.

케이스란 흥미로운 것이다. 누군가 혼자 조용히 죽어 있다면 사람들은 이상하게 생각하기 마련이다. 하지만 어떻게든 그 죽음을 설명하려는 시도가 있고, 설령 그 시도가 억지스러움에도 불구하고 약간의 논리체계만 서 있다면, 특히 그러한 일이 주변에서 한 번 두 번 반복되어 흔한 사건이 되어버리면, 사람들은 죽음의 직접적인 원인이 아니라 평소 못마땅하게 여기던 사회구조적 원인으로 금방 눈을 돌린다.

그렇게 하나의 죽음은 뒤이어 발생할 다른 죽음을 설명하는 케이스가 된다. 사체의 등과 엉덩이에서 발견된 깊은 상처들은 또 그것대로 설명하면 그만이다.

유족이 없던 장 씨는 전 직장 측의 배려로 전날 사망한 아내와 함께 화장되었다.

12

가까스로 병원에 도착한 장길도는 발을 지면에서 거의 떼지 않고 걸어서, 그러니까 마치 빙판 위를 미끄러지듯 병실로 들어섰다. 인형술사는 병실에 없었다. 장길도는 곧장 수련 씨에게 다가가 상태를 확인했다. 호흡이 정상이었다. 그녀를 덮고 있는 얇은 이불의 주름도 나가기 전에 머리에 새겨둔 패턴 그대로였다. 장길도는 이어 침대 아래의 철제 스프링과 접합부, 머리맡의 콘센트를 확인했고 전등과 협탁 모서리까지 빠르게 훑었다. 결정적인 것은 없었다. 하지만 여러 가지가 미묘하게 달라져 있었다. 전보다 가능성이 높아진 게 분명했다.

인형술사는 녹차가 든 종이컵을 들고 나타났다. 침대 곁에 서 있는 장길도를 보고 그 자리에 우뚝 멈추어 섰다. 굳어진 얼굴을 감춰보려는 듯 컵을 들어 입술에 댔지만, 차라리 가만히 있는 게 나았을 것이다. 본인도 어색한 걸 깨달았는지 텔레비전 쪽으로 놓인 의자에 꾸부정히 앉았다. 고개를 푹 숙이고는 피식 웃었다.

"국회였구나. 그래, 국회였어."

텔레비전에서는 신임 대통령의 취임식이 중계되고 있었다. 고아 출신이라는 신임 대통령은 한국 나이로 이제 막 마흔을 넘긴 나이였다. 연설하는 내내 청중을 향해 삿대질을 하는 자태가 젊긴 젊어 보였다. 참 이상해, 하고 인형술사가 입을 열었다.

"세상은 온통 노인네들 천지인데 어째서 늘 젊은이들이 이기는 거지?"

진심으로 감탄하는 듯한 목소리였다.

대통령 취임 연설이 끝나길 기다릴 필요는 없었다. 그럴 여유도 없었다. 장길도는 잠으로 통증을 견디고 있는 수련 씨를 흘깃 보았다. 살짝 흘러내린 은발 사이로 선한 이마가 드러나 있었다.

수련 씨, 하고 속으로 꾹꾹 눌러 담았다. '우리 조금만 더 같이 늙어요.'

인형술사의 어깨를 툭 건드렸다. 그는 모자도 지팡이도 놔둔 채 순순히 병실 밖으로 따라 나왔다.

복도를 걷던 중 인형술사가 휘청거리자 장길도가 팔을 잡아주었다.

"너무, 너무 세게 잡았다네."

인형술사가 얼굴을 찡그리며 말했다.

"자네 좋은 사람이잖은가. 품위를 지키도록 해주게나."

이 판국에 아직도 수련 씨 얘기인가, 했지만 다시 생각을 해보니 제 얘기를 한 것이었다. 그는 이미 상황을 받아들이고 있었다. 원하는 건 그저 약간의 예우뿐이었다. 그러나 장길도는 그의 말에 답하지도, 그와 마주 보지도, 그리고 손아귀에서 힘을 빼지도 않았다. 아내를 처리하려던 사람한테까지 좋은 사람이고 싶지 않았다.

진관파출소를 지나 삼거리를 두 번 지나치고 첫 사거리에서 우측으로 걸었다. 오래된 고층 아파트가 나왔다.

"노을 아파트라. 이름이 좀 별로인데."

그렇게 말하면서도 인형술사의 얼굴은 담담했다.

아파트 옥상에는 시원한 바람이 불고 있었다.

엘리베이터를 놔두고 28층까지 걸어서 올라온 터라 둘 다 한참 동안 말을 못 했다. 멋대로 방향을 바꾸어대는 바람을 맞으며 괜스레 이리저리 둘러보았다. 얼마나 숨을 골랐을까. 인형술사가 혼잣말처럼 중얼거렸다.

"자네도 알다시피, 신학대를 그만두고 팀에 들어올 당시의 나는 꽤 화가 나 있었다네. 모아둔 돈도 없는 주제에 늙어서 죽겠다는 게 얼마나 이기적인 얘기인가? 젊은이가 노인들 부양하려고 사나? 세상이 너무나 꽉 막혀 있었지. 어떻게든 숨통을 터주어야 했네. 쓸데없이 연금이나 축내는 늙은이들을 처리하면 나아질 줄 알았다네. 하지만 끝도 없었지. 이 빌어먹을 늙은이들은 도대체 어느 소굴에서 기어 나오는 걸까? 좌표라도 뜨면 찾아가서 입구에 불을 지르고 싶었다네. 매일매일 힘겹게 처리해도 다음 날이 되면 빳빳한 새 리스트가 전달되곤 했지. 잠조차 제대로 못 잘 지경이었어. 하지만 언젠가 끝이 있을 거라 생각했네. 결국, 몽땅 처리해버리면 될 테니까. 아주 산술적인 생각이었지만 그 바보 같은 산수가 국가에 봉사하는 길이라 믿으며 나 자신도 잊은 채 살았다네."

그러다 정신을 차려보니, 하고 말을 이었다.

"내가 늙은이더군."

문장의 단어 하나하나가 마치 허옇게 먼지로 뒤덮인 탁자에 손가락으로 쓴 글씨처럼 장길도의 머리에 새겨졌다.

장길도가 손을 내밀었다. 인형술사가 묵묵히 휴대폰, 신분증이 들어 있는 지갑 따위를 모아 건네주었다. 장길도는 휴대폰에서 배터리를 빼 신분증과 함께 호주머니에 넣었다. 둘 사이로 건조한 바람이 지나갔다.

"그런데…… 뭘 기다렸던 겁니까?"

그에게 아내를 부탁하고 병원을 나와 구파발역까지 가는 데 걸린 시간이 약 10분, 역에서 열차를 기다린 시간이 약 3분, 담당자가 곱등이에서 인형술사로 교체되었다는 사실을 알고 서둘러 병원으로 돌아오는 데 걸린 시간이 약 7분, 합이 20분. 인형술사의 솜씨에 그 시간이면 가능성을 높이는 정도가 아니라 아예 49재까지 끝낼 수 있었다. 게다가 수련 씨는 손끝 하나 움직일 수 없는 상태가 아니었던가. 사리에 맞지 않는 일이다. 혹시 팀에 무슨 사정이라도 생겼나?

인형술사는 대답하는 대신 가만히 하늘을 보았다.

장길도도 나란히 하늘을 보았다. 구름이 많았다. 비를 내릴 생각이 별로 없는 뭉게구름이 여기저기 흩어져 있었다. 어렸을 적에는 구름이 아주 높이 떠 있는 줄 알았다. 그런데 비행기를 처음 타보고 나서 그게 아니라는 걸 깨달았다. 이륙하고 얼마 되지도 않아 구름층을 통과했다. 뭔가 예상했던 것과 달라 아래를 보니, 구름이라는 것들이 조금 높은 산봉우리 부근에 떠 있는 것이었다. 구름은 가도 가도 끝없는 저 위에 있지 않았다. 하늘에서 보면 구름은 오히려 지상에 붙어 있었다. 그걸 깨닫자 이상하게 슬펐다.

"그래도 자네 둘이 작별은 제대로 해야 할 것 아닌가."

인형술사가 장길도의 어깨를 툭툭 치며 말했다.

장길도는 구름이 하늘이 아니라 땅의 일부라는 걸 알아버린 어느 날처럼 마음이 아파왔다.

"오래전에 은퇴하셨잖아요. 도대체 왜……."

인형술사가 장길도를 돌아보았다. 그의 눈에서 새파란 빛이 나는 것 같았다. 따박따박 끊어지는 억양으로 말했다.

"이 몸은 뼛속까지 애국자일세."

장길도가 오른팔로 인형술사의 목 앞부분을 두르고 메치기하듯 뒤로 넘겼다. 등이 비스듬히 맞닿은 상태에서 허리를 반쯤 숙이자, 인형술사의 허리가 뒤로 꺾이며 발이 지면에서 떨어졌다. 인형술사로서는 목의 경추를 보호하는 게 우선이어서 발버둥을 치고 싶어도 칠 수 없는 자세였다.

장길도는 제 팔이 인형술사의 목덜미에 깊숙이 파고들 수 있도록 몸을 위아래로 흔들었다. 이상하게도 조절이 어려웠다. 질식시켜야 하는데 까딱하면 목뼈를 부러뜨릴 것 같았다. 근육이 무르고 뼈는 가늘었다. 늙은 인형술사는 구름처럼 가벼웠다. 구름이 되어 유유자적 흘러 다니면 딱 좋을 사람이었다.

옥상 끝으로 가 구석 라인의 계단을 타고 아래로 내려왔다. 1층 공동 우편함 중에서 우편물이 가장 많이 쌓인 칸에 인형술사의 휴대폰과 신분증을 넣었다.

저 멀리 인형술사가 추락한 화단 주변에 예닐곱 명의 늙은이들이 모여들어 웅성대고 있었다. 평일 저녁에 그러고 있는 걸 보니 다들 은퇴하고 연금이나 받아먹으며 사는 모양이었다. 터지고 짜부라진 주검 주위에 초승달 모양으로 둥글게 서서는 다름 아닌 저희들의 노후를 내려다보고 있었다.

장길도는 삐삐를 꺼내 확인했다. 아직 어떠한 정보도 갱신되지 않은 상태였다. 수련 씨의 담당자가 바뀐 자세한 내막은 몰라도 곱등이에 관해 인형술사에게 준 거짓 정보가 팀에 흘러 들어갔음은 의심할 여지가 없다. 사실이 그렇다면 이제부터는 팀을 넘어 기금합리화지원실, 아니 국민연금공단 전체를 상대해야 한다.

이렇게 외로운 처지가 될 줄 몰랐는가? 아니다, 알고 있었다. 이것은 장길도가 오래 몸담았던 조직과 국가를 배반한 바로 그 시점부터 시작된 아주 자연스러운 흐름이다. 그러니 처음부터 이길 수 없는 싸움이라 생각하지 않았던가.

하나 다행스러운 점은 인형술사의 입을 막음으로써 조금 유리한 위치에 섰다는 것이다. 물론 일시적인 우위에 지나지 않는다. 국희를 잃으면 유리하기는커녕 비슷하기도 어려워진다. 팀은 이미 내부 조력자를 찾기 시작했을 것이다. 어쩌면 벌써 거짓 정보로 덫을 놓아 장길도에게 전달되기만을 기다리고 있는지 모른다. 인형술사의 표현대로 일타쌍피, 내통자 국희와 배신자 장길도 모두가 걸려드는 덫이다.

상황이 악화되기 전에 먼저 수를 써야 했다. 싸

워서 이기려는 게 아니다. 이기는 게 옳은 일도
아니다. 그들 하나하나가 전부 인형술사만큼 고
결한 애국자들이다. 그들이 지키는 방벽 안쪽에
서 국가가, 인간 사회 전체가 평화롭게 굴러가고
있다. 장길도 역시 얼마 전까지도 그 방벽의 명예
로운 파수꾼이었다. 그걸 모두 부정할 생각은 없
다. 단지 얼마의 시간, 연금 수급 자격에 문제를
일으켜 수련 씨가 국가 재정에 해를 끼치는 인간
이 아니라는 걸, 방벽 너머로 고려장시킬 필요가
없다는 걸 증명해 보일 아주 약간의 시간이 필요
할 뿐이다.

그게 이 싸움의 성격이다. 상대는 간단하고 명
확한 목적을 갖고 움직이는 반면에 장길도는 그
렇지 않다. 이런 상황에서는 제아무리 싸움의 신
이라도 협상부터 해야 한다. 물론 유리하기만 한
상대가 순순히 테이블에 나올 리 만무하다. 저쪽
에서 위협을 느끼게 만들어야 한다. 최대한 심각
한 문제를 일으켜 저들의 이목을 집중시켜야 한
다. 골칫덩어리 전직 외과 공무원이 적색 리스트
에 오른 노령연금 수급자보다 훨씬 시급하고 중

요한 문제일 테니까.

고혈압 약을 한입에 털어 넣은 장길도는 절망에 오염되지 않도록 부지런히 움직였다.

13

경기 일산의 방 씨(82세, 여)는 할아버지가 장난스럽게 지어준 이름 때문에 어린 시절부터 마음고생이 심했다. 학급 친구들에게 놀림을 받고 집에 돌아와 어머니에게 하소연을 하면 슬기로운 어머니는 항상 이렇게 말했다.

"이름은 그저 남이 불러주는 호칭이니라. 참으로 중요한 건 네 스스로의 아름다움이니라."

하지만 어머니는 방 씨를 아름답게 낳아주지도 않았다.

상고를 졸업하고 작은 섬유 회사에 들어가 경리로 일했다. 회사 동료가 소개해주어 하사관 계

급의 군인을 만났다. 나이는 좀 있었지만 그럭저
럭 남자다웠다. 촌스럽게도 방 씨를 부를 때 이름
끝 글자만 발음했다. 그게 고마워 방 씨 쪽에서
먼저 청혼했다. 남편은 첫 결혼기념일도 되기 전
에 외국의 전쟁에 참전했다가 그만 하반신이 날
아간 시체가 되어 돌아왔다.

국가에서 위로금을 수령해 주택대출을 갚은 후
그 집을 팔고 목 좋은 상가에 작은 꽃 가게를 냈
다. 말은 간단하지만 여러 단계에 걸쳐 수십 명
의 공무원에게 수백 장의 서류를 제출하는 일이
었다. 딱풀처럼 생긴 공무원들은 서류에 적힌 방
씨 이름을 보고 깔깔대곤 했다. 그래, 차라리 웃
는 게 나았다. 측은하다는 표정으로 위로하려 들
면 더 분했다.

꽃은 아름다웠다. 꽃이라 부르지 않아도 아름
다웠다. 꽃의 아름다움에 비하면 꽃의 이름은 형
편없었다. 때로는 꽃이라 부르지 않는 게 더 아
름다웠다. 듣자 하니 문자가, 언어가 있기도 전에
인간은 꽃을 꽂고 즐겼다 한다. 방 씨는 원숭이
와 현생인류 중간쯤 되는 그 조상들의 마음이 십

분 이해되었다. 꽃을 보는 동안에는 짓궂은 할아버지에 대한 원망도, 상반신과 하반신이 붙어 있던 남편에 대한 그리움도 잊을 수 있었다. 방 씨는 꽃집에서 먹고 꽃집에서 잤다. 꽃과 함께 있는 시간이 좋았다.

꽃꽂이 실력이 빠르게 늘었다.

꽃꽂이가 별건가, 생각했는데 그게 아닌 모양이었다. 여기저기서 강의를 해달라는 요청이 쇄도했다. 지체 높은 마님들의 모임, 구청의 문화센터나 공공도서관, 심지어는 전문대에까지 가서 요령을 가르쳐주었다. 그러다 아예 꽃꽂이 학원을 차렸다. 수강생들이 구름처럼 몰려들었다. 왜 다들 일은 안 하고 꽃꽂이나 배우는지 나라의 미래가 걱정될 정도였다. 수강생 중에서 몇은 본격적인 꽃꽂이 전문가의 길을 가겠다며 제자를 자처했다. 방 씨는 가만히 지켜보다가 그중 안목이 뛰어나고 머리가 잘 돌아가는 이들에게 강의를 맡겼다. 나중에는 학원 운영도 맡겼다. 홀가분해진 방 씨는 자택에 마련한 작업실에서 자신만을 위한 꽃꽂이를 즐겼다. 꽃과 함께 있는 시간이 좋았다.

어느 날 눈이 침침해 동네 병원에 갔더니 당뇨병이라 했다. 당뇨라니, 하고 방 씨는 생각했다. 누가 지었는지 몰라도 이름이 참 추잡했다. 방 씨는 종합병원에서 정밀검진을 받았다. 오래 키워온 당뇨로 건강 상태가 엉망이었다. 시력이 크게 떨어졌고, 특히 신장 기능이 많이 나빠져 있었다. 걱정된 제자들이 두어 달 바짝 요양하고 오라며 서울 은평구의 평판 좋은 요양병원을 알아봐주었다.

요양병원 생활은 딱 상상했던 수준으로 지루했다. 다만 바로 옆 병실에 배시시 잘 웃는 할머니가 있어 그럭저럭 어울려 지낼 만했다. 하루는 그녀에게서 장미꽃 한 다발을 얻었다. 신이 나 화장실 세면대로 가져가 물올림을 하던 중에 그만 가시에 찔리고 말았다. 꽤 큰 가시였다. 수도꼭지에 비벼 부러뜨린 후, 한 송이 한 송이 정성껏 물병에 꽂았다. 예뻤다. 그래서 행복했다. 생각해보면 꽃은 언제나 옳았다.

그날 밤, 방 씨는 숨을 쉴 수가 없었다. 비상벨 소리에 간호사가 달려왔다. 간호사가 제발 진정하라고 했지만 숨을 쉬지 못하는 방 씨는 진정하고 싶어도 진정할 수 없었고, 간호사가 어서 심호흡을 하라고 했지만 숨을 쉬지 못하는 방 씨는 그 심호흡이라는 게 죽도록 하고 싶어도 입조차 제대로 벌릴 수 없었다.

급히 호출되어 온 당직 의사가 간이 혈액검사를 거쳐 파상풍 진단을 내렸다. 그런데 이미 신경망 깊숙이 독소가 퍼진 터라 파상풍 혈청을 주사해도 중화되지 않았다. 당직 의사의 표현에 따르면 '돌아버릴 정도로 급격한 진행'이었다. 30분쯤 지나자 방 씨의 온몸이 강직되면서 성문聲門에 경련이 일었다. 당직 의사가 기관지를 절개해 인공호흡을 시도했다.

소용없었다.

14

쌍문동에서 출발한 검은색 소형 SUV가 상계동
을 지나 으슥한 도로변에 멈추었다. 몸도 얼굴도
곰 같은 사내가 운전석에서 내리더니 트렁크를
열고는 꿈틀거리는 여행용 가방을 꺼내어 짊어지
었다. 주위를 쓱 훑어본 뒤, 불빛 하나 없는 산길
을 터벅터벅 올라갔다.

장길도는 차 밑바닥에서 기어 나왔다. 똑바로
일어서자 엉덩이며 등에서 솟아난 선혈이 다리
쪽으로 흘러내렸다. 거지 같은 과속방지턱 때문
이었다. 엉덩이를 만져보니 바지 천은 당연히 전
부 해졌고 피부도 벗겨져 미끌미끌한 지방층이

드러나 있었다. 그나마 차체가 높은 SUV니 망정이지 평범한 세단이었다면 골반까지 갈릴 뻔했다.

수락산 덕능고장 근방이었다. 서울과 경기도가 만나는 곳, 그래서 두 지자체에서 밀려난 저렴한 죽음들이 하나둘 모여드는 곳.

통증이 심해 몸을 앞으로 숙이기 어려웠다. 하지만 꼿꼿이 선 채로는 산을 오르기 힘들거니와 발각되기도 쉬워진다. 아파 죽을지언정 최대한 낮출 수밖에 없는 노릇이다. 몇 걸음 떼지 않아 속이 울렁거렸다. 11월의 찬 바람에 몸도 심하게 떨려왔다. 장길도는 오솔길 옆의 덤불 속으로 기어들어갔다. 나무에 기대어 잠시 숨을 골랐다. 호주머니에서 고지혈증 약을 꺼내는 김에 삐삐도 함께 꺼내 보았다. 아무 신호가 없었다. 어쩌면 다시는 신호가 오지 않을 수도 있다. 그편이 맞을지 모른다. 이런 걸 배신이라고 할 수 없다. 누구나 자기만의 사정이라는 것이 있는 법이니까. 장길도는 물도 없이 고지혈증 약을 오독오독 씹어 삼켰다.

하지만 정말로 그런 거라면 국회부터 처리해야
한다.

그게 장길도만의 사정이었다.

어두운 산속에서 30분가량 숨죽이고 걷다 보
니 감각이 예리해졌다. 등과 엉덩이의 통증을 참
아가며 네발로 이동하던 장길도는 오솔길로부터
열댓 걸음쯤 떨어진 떡갈나무 군락에서 곱등이를
발견했다. 굵은 나뭇가지에 밧줄이 걸쳐져 있는
걸로 보아 한창 작업 중인 모양이었다.

장길도는 은폐물 사이를 도마뱀처럼 기어 최대
한 가까이 다가갔다. 그러자 상황이 한눈에 들어
왔다. 곱등이가 노인의 가슴팍에 올라앉아 뺨을
툭툭 치며 희롱하고 있었다. 외곽 공무원답게 은
밀히 작업하기는커녕 수락산 산신령이라도 된 양
킬킬 웃기도 하고 버럭 호통을 치기도 했다. 밑에
깔린 노인은 감히 반항하거나 도망칠 엄두를 못
내고 있었다. 극심한 스트레스로 몸이 마비되는
이른바 긴장성 부동이었다. 어쩌다 노인이 조금
이라도 꿈틀댈라치면 곱등이는 그렇지 그렇지 하
며 짓궂게 응원했다.

내가 저런 자식을 도왔구나, 하고 장길도는 깊이 후회했다.

이윽고 흥이 다한 모양인지 곱등이가 노인을 일으켜 세워 등을 탁탁 털어주었다. 뼈만 남아 호리호리한 노인이었지만 키가 꽤 커서, 대체 어떻게 접었기에 여행용 가방에 넣을 수 있었는지 물어보고 싶을 정도였다. 곱등이가 노인의 목에 밧줄을 걸고 다른 쪽 끝은 제 허리에 세 차례 돌려 감아 팽팽히 고정시켰다. 그 상태로 바닥에 벌렁 드러눕자, 밧줄이 노인의 목을 위로 쑥 낚아 올렸다. 곱등이가 코앞 허공에서 허우적거리는 노인의 다리를 보며 누운 채로 킬킬거렸다.

장길도가 잽싸게 뛰쳐나와 곱등이의 얼굴을 발꿈치로 내리찍었다. 분명히 제대로 내리찍었다고 생각했는데, 그게 아니었던 모양이다. 곱등이에게 발목을 붙잡혀 바닥에 넘어졌다. 벗어나려고 황급히 몸부림쳤으나 악력이 너무 강해 도저히 빼낼 수 없었다. 장길도는 누웠다 엎드렸다 안간힘을 쓰는 동시에 다른 쪽 발로 미친 듯이 곱등이 얼굴을 걸어찼다. 흡사 고무 타이어를 걸어차는 기분이었다. 더 차다가는 자기 발목이 먼저 부러질 것 같았다. 흙바닥을 박박 긁어가며 빠져나가려 해도 몸이 점점 곱등이 쪽으로만 끌려갔다. 두 배의 체격 차이라는 게 이토록 무지막지한 거였다. 장길도는 심장이 터질 듯한 공포 속에서 빠르게 패색이 짙어가는 걸 느꼈다. 곱등이 역시 이미 승기를 잡았다고 생각한 모양인지 곤죽이 되도록 얼굴을 걷어차이면서도 킬킬거렸다. 그의 우악스러운 손이 벌써 장길도의 발목을 지나고 무릎을 지나 허벅지까지 올라와 있었다. 곱등이가 한 손을 거두어 바닥을 짚으며 엉거주춤하게 일어섰다. 그 바람에 대롱대롱 매달려 있던 백발노인이 바닥에 살짝 발끝을 딛고는 깩깩 죽는 소리를 냈다. 곱등이가 장길도를 향해 몸을 날렸다. 단번에 덮쳐서 끝장낼 생각이었던 것이다. 자기 쪽 힘이 월등하니 그러는 것도 무리가 아니었다. 하지만 오판이었다. 몸을 날리며 무게중심이 상체로 이동한 순간, 밧줄로 연결된 백발노인의 무게 때문에 곱등이는 오히려 뒤쪽으로 미끄러졌다. 이제 바닥을 박박 긁는 건 곱등이 쪽이 되었다. 기회를 놓치지 않고 장길도가 일어나 곱등이의 머리를 걷어찼다. 이어 등을 덮쳐서 곱등이의 목과 어깨 틈에 자기 팔을 끼워 넣었다. 그때까지도 여전히 킬킬거리던 곱등이는 장길도가 관절 기술로 왼쪽 팔꿈치를, 다시 방향을 바꿔 허리춤에 걸터앉아 오른쪽 무릎을 부러뜨리자 비명을 질렀다. 고의는 아니었겠지만 허공에서 진자 운동을 하던 백발노인도 발끝으로 곱등이의 머리통을 한 차례 때리고 지나갔다. 곱등이가 몸을 크게 뒤틀어 장길도를 떨쳐냈다. 그리고 부러지지 않은 오른손으로 장길도의 목을 움켜쥐었다. 그와 동시에 장길도 역시 손에 잡힌 돌멩이로 곱등이의 안면을 힘껏 후려쳤다. 뼈가 쪼개지는 느낌이 났는데, 장길도는 그 출처가 곱등이의 얼굴뼈인지 자신의 손가락뼈인지 구분할 수 없었다. 아프고 저린 부분과 밑바닥까지 지친 부분이 뒤섞여 있었다. 곱등이가 피를 뿜으며 뒤로 쓰러지자 장길도는 곧장 그 가슴을 깔고 앉아 두어 번 더 안면을 후려쳤다.

"형."

곱등이가 말했다. 얼굴이 새빨간 피범벅이었다. 사지를 축 늘어뜨린 채 입술만 부들거리는 걸 보니 목뼈에 문제가 생긴 모양이었다. 그렇다면 이제 막바지였다.

"나, 나 못 한다고 했씨유. 나 형수 안 맡아유."

신빙성이 없는 건 아니었다. 전후 사정을 고려하면 사실을 말했을 확률이 더 높았다. 하지만 믿어서는 안 된다. 곱등이를 공격하고 난 다음에는 더욱 그렇다.

장길도는 아기 머리통만 한 돌을 들어 힘겹게 머리 위로 올렸다.

"형."

곱등이가 입술을 뒤틀며 말했다.

"형님, 형, 나 소주 딱 한 됫박만 사주씨유."

힘껏 내리찍었다. 하지만 빗나가서 턱을 부수는 데 그쳤다. 백발노인이 또 발끝으로 슬쩍 참견하는 바람에 방향이 바뀐 것이었다. 아래로 꺾인 턱뼈 탓에 곱등이가 입을 짝 벌린 것처럼 보였다. 그러나 엔도르핀 폭풍 때문인지 더 이상 비명을 지르지는 않았다. 소주잔 같은 눈에 눈물이 흥건

하게 고여 있었다.

다시 돌을 머리 위로 올렸다. 이번에는 힘을 조금 빼고 돌의 무게를 이용해 얼굴 중앙으로 내리찍었다.

퉁, 하며 그 큰 돌이 튕겨져 나왔다.

굉장한 느낌이었다.

양손으로 단단히 잡고 또 한 번 신중하게 찍었다.

홈런 치는 소리와 함께 안면이 움푹 함몰되었다. 돌을 들어 올리자 끈적거리는 뭔가가 길게 늘어졌다. 찌그러진 입에서 피가 튀지 않고 질질 흘러나왔다. 벌써 호흡이 멈춘 게 분명했다. 피 웅덩이의 표면이 성긴 나뭇가지 사이로 지나온 달빛을 받아 길고 가늘게 세공된 은처럼 반짝거렸다.

곱등이 허리춤에서 밧줄을 풀었다. 그때까지도 허공에서 대롱거리며 함부로 발끝을 놀리던 백발 노인이 젖은 이불 뭉치마냥 떨어졌다. 질질 끌어다 곱등이 근처에 엎어뜨렸다. 곱등이의 머리를 으깬 돌로 노인의 손바닥을 몇 번 짓이겨 피와 살점을 골고루 묻혔다. 자연스럽게 보일 때까지 둘의 자세를 몇 번이고 바꾸었다. 이윽고 그럴듯한 구도가 되었다.

저런, 하고 중얼거렸다.

땀으로 흠뻑 젖은 몸에 산바람 한 줄기라도 스치면 여지없이 오한이 들었다. 몸이 부들부들 떨리고 이빨도 딱딱 부딪혔다. 장길도는 여행용 가방에 밧줄을 담아 들고 등산로를 따라 내려왔다. 근육의 글리코겐이 바닥나 뛰기는커녕 제대로 걷기도 어려웠다. 생각해보면 지난 2, 30시간 동안 제대로 먹은 게 없었다. 허기가 지진 않았다. 그러나 사과 한 알만큼은 꼭 먹고 싶었다. 그 새파란 사과가 미치도록 그리웠다.

커다란 개암나무에 막혀 등산로가 꼬부라진 뒤편에 수풀이 우거져 있었다. 그 안쪽으로 기어 들어가 여행용 가방을 놓아두었다. 꼭꼭 숨겨두는 것과 보란 듯이 드러내는 것 사이의 중간, 장길도가 선호하는 방식이었다. 수사에 혼선을 줄 필요도 그럴 여유도 없었으며 그럴 의도도 아니었다. 이 와중에조차 어쩌지 못하는 직업병이었다.

그러느라 고작 10여 초 쉬었던 결과는 예상보

다 안 좋았다. 무릎이 멋대로 꺾여서 중심을 잡기 위해 손과 허리를 더 많이 써야 했다. 그러다 보니 얼굴로 달려드는 작은 나뭇가지들을 피하기 어려웠고, 장애물을 손으로 짚으며 방향을 전환하기도 어려웠다. 결국 장길도는 빤히 보면서도 허리 높이밖에 안 되는 바위에 정면으로 부딪혀 나뒹굴었다. 푹신한 낙엽이 첫 충격을 완화해주었지만 곧 자갈 쪽으로 미끄러지며 등과 엉덩이의 쓸린 상처가 깊이 패었다.

통증 때문에 숨을 꾹 참고 있자니 현기증과 함께 어지러운 보라색 문양이 눈앞에 피어올랐다. 가장 아픈 순간이 지나간 후 천천히 숨을 몰아쉬었다.

"수련 씨, 대체 왜 그랬어요."

혼잣말을 하려던 것이었는데, 입을 여는 순간 울음이 터져 나왔다.

"내가 국민연금 들지 말라고 했잖아요. 왜 내 말을 안 들었어요, 왜요……."

수련 씨가 보고 싶었다. 병원에서 나올 때 인형 술사만 없었다면 그녀가 눈을 뜰 때까지 기다렸을 것이다. 눈을 뜨면, 그러면 먹고 싶은 게 뭔지 냉큼 물어보았을 것이다. 세상 어디든 달려가 구해 올 수 있었다. 그동안 잘 달릴 수 있어서 행복했다.

장길도는 이를 악물었다.

손등으로 눈가를 훔쳤다. 이럴 때가 아니다. 우선은 곱등이의 차가 있는 데까지 가야 한다. 수락산을 빨리 떠나야 한다. 몸도 좀 녹여야 한다. 뭐든 먹고 기운을 차려야 한다. 방문객 면회 시간 전에 병원의 수련 씨 곁으로 가야 한다. 그다음은? 모른다. 몇 수 앞까지 읽으며 움직일 상황이 못 된다. 눈앞에 보이는 위험을 제거하고, 다시 눈앞에 나타난 위험을 제거하는 수밖에 없다. 그렇게 하나씩 제거하다 보면 언젠가는 사정이 나아질 것이다. 참으로 바보 같은 산수지만 그 방법밖에 없다.

몸을 일으키려 용을 쓰는 찰나, 주머니에서 진동이 느껴졌다. 황급히 호주머니를 더듬었다. 다시 한 번 진동이 느껴졌다. 손가락들이 영 말을 듣지 않아 삐삐를 꺼내는 데 시간이 걸렸다. 혹은 일부러 꾸물거린 건지도 모른다. 국회의 메시지를 확인하는 게 무섭고 두려웠다. 그래, 다음은 어떤 동료를 죽여야 하지? 튀기? 성범수인가? 아니면 효자손, 그 어린 처녀를?

그런데 삐삐가 아니었다. 주머니에서 계속 진동이 울리고 있었다.

선불 휴대폰이었다.

장길도는 벌떡 일어나 휴대폰 액정을 확인했다. 모르는 번호였다. 전화번호 같지도 않게 세 자리 숫자가 달랑 떠 있었다. 시커먼 어둠 속에서 액정을 들여다보았다. 온 세상이 자신과 함께 액정만 들여다보는 것 같았다. 액정 바깥에는 아무것도 없는 것 같았다. 갑자기 뚝 끊겼다. 세상이 사라진 기분이었다.

잠시 후 삐삐에 신호가 왔다. 이번에는 삐삐가 맞았다. 확인해보니 방금 전 휴대폰에 떴던 것과 동일한 세 자리 숫자가 표시되어 있었다.

기이한 상황이었다. 도저히 이해할 수 없었다. 국회? 그럴 리가 없다. 그렇게 조심성 없는 사람이 아니다. 음성 통화가 가장 위험하다는 건 국회

본인이 더 잘 알고 있지 않은가. 그렇다면? 들통
이 난 건가? 그래서 다 분 건가?

혼란스러웠다. 분명한 건 삐삐가 휴대폰에 걸
려온 전화를 받으라고 지시한다는 사실이다. 좋
은 신호인지 나쁜 신호인지조차 감이 오지 않았
다.

다시 진동이 울렸다. 휴대폰이었다. 방금 전과
마찬가지로 발신자는 세 자리 숫자의 번호였다.

다른 방법이 없었다.

장길도는 통화버튼을 눌렀다.

"여보세요?"

처음 듣는 목소리가 흘러나왔다. 앳된 남자 목
소리였다.

"장길도 씨, 통화 괜찮으신가?"

자신의 이름을 듣자 온몸에 소름이 쫙 돋았다.

"너 누구야."

"나야 머지않아 볼 테고, 아무튼 뭐 하나 알려
줄게."

장길도는 대답하는 대신 상황을 이해해보려 부
지런히 머리를 굴렸다. 그때 휴대폰에서 냉랭한

목소리가 흘러나왔다.

"당신 마누라 죽었어."

이게 무슨 개소리인가. 그럴 리가 없다. 새 담당자가 정해졌다면 국희가 일찌감치 식별번호랑 좌표를 알려주었겠지. 그런데 잠깐, 국희가 삐삐에 이 번호를 남겼다. 어떻게 된 일이지?

"당신 마누라 죽었다고, 조금 전에."

장길도는 단숨에 휴대폰을 비틀어 박살냈다. 그리고 곱등이의 차를 향해 달렸다. 거짓말이다. 위치를 알아내기 위해 전화했겠지. 하지만 여기는 외진 곳이고, 차에 타기만 하면 인적이 드문 도로를 따라 금방 멀리 달아날 수 있다. 네 수작은 벌써 실패로 돌아갔다.

고꾸라진 게 방금 전이었지만 어쩐지 달려가는 두 다리에 새로운 힘이 생겨난 것 같았다. 이대로는 차 따위를 몰 거 없이 밤새라도 달릴 수 있을 것 같았다. 수련 씨가 오늘은 뭘 먹고 싶어 할까? 실은 그날 사과 두 알을 전부 먹어줘서 고마웠다. 한 입이나마 직접 먹어보자고 그 먼 길을 달린 게 아니었으니까. 땀에 젖은 그 두 알의 사과를 씻지도 않고 남김없이 먹어주어서 진심으로 기뻤다.

장길도는 저 멀리 곱등이의 SUV가 시야에 들어오기 시작한 지점에서 뭔가에 목 뒤를 강타당한 줄도 모르고, 그래서 의식이 뚝 끊긴 줄도 모르고 그날의 가슴 떨리는 행복을 오래오래 반추했다.

15

전북 정읍의 심 씨(85세, 남)는 환갑이 될 때까지 평화로운 삶을 누렸다. 이 험한 세상 어찌 견딜까 싶게 낙천적이었고, 술과 담배를 멀리하는 등 섭생에 주의했기 때문에 건강 상태 또한 나무랄 데 없었다. 심 씨는 아내와 나란히 은행원으로 근무했다. 그에게는 역시 은행원으로 근무하는 아들과 대학 졸업을 목전에 둔 딸이 있었다. 딸은 키가 훤칠한 컴퓨터 프로그래머와 슬슬 혼담이 오가는 중이었다.

어느 일요일, 그 프로그래머가 모는 차에 타고 아내와 딸과 아들이 변산반도로 나들이를 다녀오던 중 차가 전복되었다. 프로그래머와 아내와 딸은 즉사했으며 아들은 사흘간 혼수상태로 있다가 숨을 거두었다.

심 씨는 사회와 연을 끊고 집에서 매일 술이나 퍼마셨다. 모두들 그가 곧 술병으로 죽을 것이라 생각했다. 당연하지 않겠는가? 그건 매우 상식적인 추측이었다. 하지만 24년 동안 심 씨는 감기 한 번 걸리지 않았다. 폭음은 그의 건강을 조금도 해치지 못했다.

그를 죽인 건 번개탄이었다.

1월 말이고 또 보일러가 꺼져 있어서 심 씨의 시신은 매우 반듯하게 보존되었다. 그를 발견한 것은 촌수를 헤아리기 어려울 정도로 먼 친척 젊은이였는데, 문중의 토지 매매에 대해 의논할 필요가 있었으나 통 연락이 되지 않자 직접 찾아온 것이었다.

유서는 없었다. 유서가 필요하다고 생각하는 사람도 없었다. 심 씨의 죽음은 자연스러웠다. 그의 안방과 마당과 창고에서 소주가 24팔레트, 30병들이 플라스틱 박스로 864박스나 발견되었다.

모두 빈 병이었고 딱 한 병만이 3할쯤 남겨진 채로 심 씨의 시신 곁에 덩그러니 놓여 있었다. 흥미로운 건 그 25,920병의 소주가 전부 같은 날 생산된 제품이라는 점이다. 24년 전의 저 어두컴컴했던 순간에 심 씨가 소주 공장으로 전화를 걸어 한꺼번에 주문한 술이었다.

이 죽음은 심 씨 스스로 맞춰둔 일종의 시한장치에 따라 24년 동안 뚜벅뚜벅 다가온 것처럼 보인다. 세상에는 그렇게 가는 사람도 있다. 그와 같은 죽음에 의문이 남기는 힘들다.

심 씨의 경우는 '자연스러운 죽음'이 죽음의 한 종류라는, 즉 이 세상에 '자연스러운 죽음'이 존재한다는 유서 깊은 오해를 새삼 확인시켜준다.

16

장길도는 스스로가 참 열심히 달린다는 느낌
을 받았는데, 문득 둘러보니 실제로 인적 드문 도
로 위를 달리고 있었고, 어 이게 뭐지, 하고 생각
하는 찰나 누군가 뒤에서 목덜미를 낚아채는 바
람에 넘어져 바닥에 머리를 찧었다. 다시 정신이
돌아왔을 때에는 어두침침한 공간에서 누군가의
팔 또는 다리를 물어뜯는 중이었으며, 기왕 물어
뜯는 거 제대로 한번 물어뜯어보자고 다짐한 순
간 정수리를 호되게 얻어맞아 쓰러졌다. 너무나
갖고 싶던 오후, 이를테면 수련 씨와 호두과자를
나눠 먹으며 오순도순 대화하거나 나미의 빙글

빙글 춤을 추는 꿈에서 깨어났을 때에는 누군가가 자신의 두 손을 포박하는 중이라는 걸 깨달았는데, 그 즉시 몸을 힘껏 돌려 그를 밀친 후 반대편으로 뛰다가 벽에 정면으로 부딪혀 기절했다. 아내에게 사과를 구해주기위해 전력 질주하던 시절의, 그 하늘로 솟구칠 것 같은 젊음이 충만한 느낌 속에서 깨어나보니 얼굴에 복면을 쓰고 있었고 손도 포박된 채여서 벌떡 일어나 고래고래 소리를 지르고 발악하다가 가슴을 걷어채이며 의식을 잃었다.

그리고 정신이 들었다.

불쾌했다. 기분이 몹시 더러웠다. 눈꺼풀이 퉁퉁 부어올라 주위를 제대로 볼 수 없었다. 그냥 뜨고 있는 것만도 힘들었다. 입에서 침이 줄줄 흐르는 게 느껴졌으나 닦을 기운이 없었다. 무엇보다 다리에 힘이 통 들어가지 않았다. 가슴 아래 전체가 그랬다. 마치 바닥에 주저앉은 채로 대변을 본 기분이었다. 크게 상처 입었던 등과 엉덩이에서 별로 통증이 느껴지지 않았다. 그런데 통증이 사라졌다기보다는, 뭐랄까, 신문지 같은 걸로 대충 덮어둔 느낌이었다. 이루 말할 수 없이 불쾌

했다. 몸을 일으킬 수가 없는 걸 보니 뒤로 단단히 결박되어 있는 모양이었다. 그런데 또 손은 움직일 수 있을 듯했다. 도대체 무슨 수작인지 이해할 수 없었다. 기분이 개판이었다.

조금 지나자 주변 상황이 눈에 들어오기 시작했다.

집이었다. 수련 씨와 오순도순 살던 정릉천 옆의 집이었다. 그렇다니까, 하고 맞장구치듯 멀리서 졸졸 개울물 흐르는 소리가 들려왔다. 방바닥 전체에 두꺼운 김장용 비닐이 깔려 있었다. 자신은 흰 종이 한 장과 볼펜이 놓인 개다리소반 다리 사이로 두 발을 쭉 뻗은 채 좌식의자에 앉은 상태였다.

그리고 정면에는 40대 초중반으로 보이는 정장 입은 젊은이가 레저용 간이의자에 걸터앉아 장길도를 노려보고 있었다.

"이제야 정신이 드셨군."

그가 말했다. 휴대폰에서 들려오던 목소리였다. '당신 마누라 죽었다고'라던 바로 그 목소리였다.

젊은이 뒤편으로 장식장이며 40인치 텔레비전이 보였다. 텔레비전 위에는 액자가 하나 걸려 있었다. 수련 씨가 폐병을 앓기 직전인 35년 전에 찍은 부부 사진이었다. 배시시 웃고 있는 수련 씨의 피부가 희고 고왔다. 그러고 보니 저때부터 벌써 폐가 망가지고 있던 모양이다. 그리고 장길도는, 장길도 본인이 보기에도, 한 마리의 건강한 야생마 같았다.

"이렇게 될 줄은 알고 있었겠지?"

어딘가 의기양양한 말투였다.

서남향으로 난 창에서 들어오는 햇빛과 머리 위 형광등 불빛이 섞이지 않아 따로 흘러 다녔다. 저녁 여섯 시 언저리인 듯했다. 방에서 고작 10여 미터 떨어진 보국문로가 퇴근하는 직장인들로 붐빌 시간이었다.

"너 누구야." 그렇게 말을 하면서 장길도는 자신의 목소리에 놀랐다. 마치 저 먼 우물 밑바닥에서 들려오는 것처럼 거칠고 음산했다. "누군데 어른한테 반말이야, 이 새파란 자식아. 넌 부모도 없어?"

"당신 직속상사야. 아, 전 상사라고 해야 하는구나." 젊은이가 피식 웃으며 말했다. "한 번도 본적이 없으니 모르겠지. 연금이사를 대면하려면 30년은 더 승진해야 했을 테니까. 그리고 나는 국가와 조직을 배반한 늙은 버러지한테 존대할 생각 없어."

할 말을 잃었다. 인정하고 싶지 않지만 사실이었다. 그의 말대로 국민연금공단의 연금이사라면 임원 사무실이 있는 19층까지 올라가기 위해 적어도 네 번의 직위 승진이 필요하다. 30년이 크게 과장은 아닌 것이다.

국가와 조직을 배반한 늙은 버러지—그것은 더욱 사실이었다.

문득 국회가 떠올랐다.

"어떻게 찾은 거지?" 장길도가 한풀 꺾인 목소리로 물었다. "휴대폰을 추적했나?"

"국회가 궁금한 거잖아, 그렇지?" 젊은이가 반문했다. "당신이랑 내통한 아줌마."

장길도는 아무 말 하지 않았다. 이쪽 패를 보여주기 전에 먼저 그가 무슨 정보를 갖고 있는지 알아야 했다.

"당신이 직장 생활을 꽤 잘해온 모양이야. 이 아줌마가 무슨 말을 해도 통 안 듣더군. 하지만 안심해. 30년 넘게 봉직한 걸 감안해서 파면으로 끝내줬으니까. 연금은 한 푼도 받지 못하겠지만, 여생을 감옥에서 썩지 않는 것만 해도 그게 어디야."

젊은이가 말을 이었다.

"아무튼, 당신을 잡은 건 그 목소리만 젊은 아줌마가 아니라 다른 애국자의 헌신 덕분이야. 당신한테 GPS칩을 달아놨거든."

인형술사, 하고 장길도는 생각했다. 아내와 제대로 작별하라며 어깨를 툭툭 치던 그의 손길은 따뜻했다.

"조금만." 장길도가 고개를 숙였다. 협상의 여지는 사라졌다. 이제는 무조건 빌어야 한다. 애원하고 구걸해야 할 때다. 최대한 공손히 말했다. "조금만 시간을 줄 수 없겠나? 실은 당장이라도 수련 씨 연금 수급 자격에 문제가 있다고 신고할 작정이었다네. 이제껏 받은 연금도 환수해 가라

할 테고. 내가 사흘 안에 전부 알아보고 처리하겠네." 그리고 한마디 덧붙였다. "시스템이 늘 완벽한 건 아니잖나."

"나 하나쯤이야, 뭐 이런 얘기인가?"

젊은이가 얼굴을 찡그렸다.

"이봐 장길도 씨." 빤히 바라보며 말을 이었다. "그게 대체 말이 된다고 생각해? 일단 연금을 받기 시작하면 무슨 일이 있어도 죽을 때까지 받아. 싫다고 중간에 그만둘 수 없어. 잘 알면서 왜 그래. 노령연금은 죽을 때까지 받는 거야."

"사실 내 아내가 적색 리스트에 오른 건 좀 문제가 있다네. 내가 봤는데, 그간 수령액이 한 80%쯤에 불과하더군. 적색 리스트에는 보통 100% 수급자들이 오르잖은가."

장길도의 말에 젊은이가 싸늘한 표정으로 고개를 절레절레 저었다.

"당신 와이프가 올해 79, 그렇지?"

장길도가 뭐라 대답하기 전에 젊은이가 말했다.

"연금이 저축해둔 돈 찾는 게 아닌 거 알잖아. 생산인구 소득을 거둬 비생산인구들에게 나눠주는 거야. 요새 청년 세 명이 노인 일곱 명을 부양하고 있어. 청년들이 100만 원씩을 벌면 너희 늙은이들한테 쪽쪽 빨려서 집에는 대략 50만 원씩 가져간단 말이야. 그 돈으로 애인 만나 찻집에 가고 결혼을 하고 애도 낳아 기르고 월세도 내야 돼. 나머지 50만 원은 당신 같은 늙은이들한테 갖다 바치고 말이야. 뭐, 80%쯤이라고? 80%면 괜찮은 거야? 이봐 장길도 씨, 양심이 좀 있어야지!"

제풀에 격해진 젊은이가 가슴까지 들썩이며 말했다.

"왜 안 죽어? 응? 늙었는데 왜 안 죽어! 그렇게 오래 살면 거북이지 그게 사람이야? 요즘 툭하면 100살이야. 늙으면 죽는 게 당연한데 대체 왜들 안 죽는 거야! 온갖 잡다한 병에 걸려 골골대면서도 살아 있으니 마냥 기분 좋아? 기분 막 째져? 어제도 출근하다 보니 어떤 노파가 횡단보도를 점거하고는 5분 동안 건너더라고. 영락없이 지각을 해서 이사장님한테 꾸중 들었지 뭐야. 나라 전체가 그래. 사방이 꽉 막혀서 썩어가고 있어. 하는 일이라고는 영혼이 떠나지 않도록 붙들고 있는 게 전부인 주제에 당신들 대체 왜 우리 사회에 아직 남아 있는 거야!"

장길도는 문득 젊음의 정체가 의아해졌다. 젊은 시절 당연히 누렸던 그 싱그러운 감각이 통 기억나지 않았다. 언제 어디서 잃어버린 건지도 알 수 없었다. 애초부터 존재하지 않았던 것처럼 감쪽같이 사라졌다. 그건 왜 잠깐 주어졌다가 사라지는 걸까? "지금 이 집은", 하고 장길도가 말했다.

"내 할아버지가 지었다네. 아마 자네는 잘 모르겠지만 아파트가 아닌 단독주택은 손볼 곳이 정말 많다네. 여기처럼 오래된 단독주택은 더 말할 나위가 없겠지. 나는 어려서부터 아버지를 도와 이 집을 계속 수리해왔다네. 조금씩 자라면서 내가 고친 부분이 더 많아졌고 말일세. 지금 이 집에는 내가 수리하지 않은 곳이 거의 없다네. 알겠나? 나는 아주 오랜 시간에 걸쳐 이 집에서 살 자격을 얻었다네. 하지만 지금이라도 이 집을 지은 분이 돌아온다면 기꺼이 안방을 내드리겠네."

꿀꺽 침을 삼킨 후 말을 이었다.

"자네가 태어난 병원은 누가 지었지? 학교 다닐 때 건넌 도로와 다리는 누가 놓았나? 그들이 자기들 태어나려고 자기들 통학하려고 그 고생을 한 건가? 젊은이, 분한 건 알겠지만 선배들에게 예의를 좀 갖춰주게."

하나 마나 한 소리였을 것이다. 젊은이가 말을 끊지 않고 들어준 것만으로도 감사했다.

뭐, 하고 젊은이가 입을 열었다. 길게 상대하기 싫은 건지 아니면 장길도의 말마따나 예의를 좀 갖춰줄 작정인 건지 목소리가 살짝 낮아져 있었다.

"누군들 좋아서 이러겠어? 다 국가와 미래를 위해서지. 우리가 습관적으로 모국母國이니 조국祖國이니 떠들지만 사실 이 나라의 주인은 부모가 아니라 아이들이야. 우리는 아이들한테서 잠시 빌려 살고 있는 거고."

젊은이가 짧게 한숨을 내쉰 후, 한층 더 낮아진 목소리로 말을 이었다.

"아무튼 괜히 용쓸 것 없어. 왜, 내가 전화로 알

려췄잖아. 당신 아내는 이제 연금 못 받아."

"뭐? 그게 무슨⋯⋯."

젊은이가 옆에 있던 서류 한 장을 집어 들더니 천천히 읽었다.

"52년 3월생 한수련, 11월 7일 오후 11시 23분에 은평요양병원에서 사망, 사인은 급성폐렴."

장길도는 멍하니 젊은이를 바라보았다.

쉭, 하고 가슴에서 길게 바람 새는 소리가 났다.

장길도는 눈을 질끈 감았다. 질끈 감았는데도 부은 눈꺼풀 사이를 비집고 눈물이 펑펑 흘러나왔다.

수련 씨와의 근사한 40년.

장길도는 생각했다.

길지 않았다. 정말 짧았다.

그야말로 순식간이었다.

그리고 이제 수련 씨는 없다.

싹 죽여버리고 싶은 새파란 개새끼들만 있다.

바보, 뭐가 애국이고 국가냐. 수련 씨 같은 착한 노인을 죽여야 유지되는 게 무슨 나라냐. 이따

위 나라는 한시바삐 멸망해주는 게 인류에 대한
기여다.

장길도는 눈을 떴다. 뿌연 눈물 너머로 연금이
사가 정확히 몇 걸음 앞에 있는지 가늠해보았다.

죽여버리자.

장길도는 생각했다. 펜을 잡는다. 기력을 모조
리 끌어올려 단숨에 일어난다. 왼발, 오른발, 왼
발. 세 걸음 뒤 몸을 날려 상대를 바닥에 눕히고,
펜으로 목을 찌른다. 열 번이건 백 번이건 멈추지
않고 찌른다. 동선을 빠르게 그려보았다. 어둠 속
에서 불꽃이 움직이는 것처럼 선명한 궤적이 떠
올랐다.

그 맹렬한 살의를 외곽 공무원들의 최종 책임
자인 연금이사가 놓칠 리 없었다.

"나 죽이고 싶지? 바뀔 건 없지만, 그래도 나한
테 화풀이하고 싶지?"

장길도는 대답하는 대신 동선을 반복해서 그려
보았다. 실수가 있으면 안 된다. 기회는 단 한 번
뿐이다.

젊은이가 말했다.

"일어나봐."

"뭐?"

"일어나서 가까이 와보라고."

장길도는 얼떨떨한 마음에 다리를 오므리고 몸을 일으켜보았다. 그런데 일어날 수 없었다. 용을 써봐도 몸 어딘가에 커다란 구멍이 난 것처럼 감쪽같이 기력이 새 나갔다.

"줄 좀 풀어주면 좋겠는데."

"줄 없어."

젊은이가 말했다.

"척추 신경에 손을 좀 봤거든. 왜 당신도 잘 알잖아."

그제야 사정을 깨달은 장길도가 개다리소반 너머의 자기 발가락 끝을 보며 힘을 꽉 주어보았다. 하지만 움직인다는 느낌만 날 뿐, 발가락은 미동도 안 했다. 뇌에서 보낸 신호가 중간에 날치기당하고 있었다. 갑자기 색맹이 된 것처럼 주위 모든 사물들의 색채가 저렴하게 느껴졌다.

"그래서 그런가?" 장길도가 얼빠진 목소리로 말했다. "좀 흐릿하군."

"아니 그건 당신이 늙어서 그래."

피식, 하고 헛웃음이 나왔다. 참 간단하게도 병신으로 만들어줬구나. 웃을 상황이 아니라는 건 알지만 코에서 자꾸 바람이 샜다.

"혹시 내가 자네한테 개인적으로 뭐 죄지은 거라도 있나?"

"아, 나한테 죄지은 거 없어. 늙은 게 죄는 아니니까." 젊은이가 말했다. "뭐 별반 다를 것도 없지만."

그나저나, 하고 젊은이가 곧장 말을 이었다.

"애먼 동료들 원망하지 마. 우리 쪽에서 한 게 아니야. 국민연금공단 적색 리스트에 오른 건 맞지만, 결국 우리보다 더 급한 건강보험공단에서 먼저 손을 썼대. 이봐, 잘못은 당신 와이프가 한 거라니까. 폐의 절반이 나자빠졌는데도 벌써 이게 얼마야, 30년 이상을 살아 있었잖아. 저쪽에서도 참을 만큼 참은 거지."

고문을 하면 참 잘할 녀석이었다. 뒤로 슬쩍 물러나 위로하는 척하면서 사람 마음을 갈기갈기 찢어대는 데 선수였다.

이제 끝이다.

전부 끝난 것이다. 장길도는 이틀간의 전력 질주 속에서 분실해버린 단어들을 하나둘 속으로 헤아려보았다. 누나, 스승과 동료, 자존심, 신뢰, 명예, 애국…… 너무 많고 또 너무 뜨거워 속이 바짝바짝 탔다. 새콤한 사과 한 알이 먹고 싶었다. 아니다. 사과를 먹고 싶은 게 아니다. 사과 따위는 개한테 줘버려도 좋다. 그깟 사과가 뭐라고 그걸 구하려 밤새 달렸던 자신의 젊음과 자다 말고 벌떡 일어나 사과 두 알을 꼭지째 우적우적 씹어 먹던 수련 씨의 젊음, 그토록 수많은 게 가능했던 젊음, 그리고 이제는 영영 잃어버린 저 새파란 젊음이 그리운 것이다.

"어떻게…… 했다던가?"

"나도 잘 모르겠어. 우리 하는 일이랑 크게 다르지 않으니, 그냥 가능성을 좀 높였겠지."

믿기 힘들었지만 그렇다고 거짓말 같지는 않았다.

"그러니까 당신은 엉뚱한 곳에다 엉뚱한 억지를 부렸던 셈인 거야. 어차피 처음부터 가망이 없었는데 말이야."

가망이 없는 싸움. 그래, 알고 있었다. 처음부
터 알고 있었지만 차마 두고 볼 수 없었을 뿐이
다. 그리고 그 가망 없는 싸움에서 고군분투하는
동안 뼈가 시리도록 깨달은 것도 하나 있다. 젊은
이, 하고 말했다.

"그러면 자네는, 자네들은 가망이 좀 있는 거
같은가? 이길 것 같아? 아닐세. 곰곰이 따져보면
자네들도 가망 없긴 마찬가지야. 시간이 노인의
편이 아닌 것처럼 젊은이의 편도 아니지. 시간은
결국 살아 있는 모두를 배신할 걸세. 싸우다 고개
를 들어보면 어느덧 자네들도 맥없이 늙어 있을
테니까."

근거 없는 저주가 아니었다. 진심으로 슬퍼서
한 말이었다. 하지만 젊은이 입장에서는 듣기 거
북한 모양이었다.

"이보세요, 장길도 씨. 내가 지금 당신 보면서
내 미래를 떠올리는 것 같아? 나도 당신처럼 될
지 모른다고? 시간의 연속성을 맹신하고 계시는
군. 아이에서 청년으로 흘러 결국 노인으로 이어

지는 그 질긴 연속성 말이야. 하지만 다 허상에 불과해. 과거는 해마가 관장하는 기억이고 미래는 전두엽이 꿈꾸는 상상에 지나지 않아. 실재하는 건 현재밖에 없어. 나머지는 전부 여기", 하고 그가 자기 머리를 신경질적으로 건드리며 말했다. "여기서 꼼지락거리는 가짜 이미지일 뿐이고. 사람은 누구나 아이 아니면 청년 아니면 빌어먹을 노인, 셋 중 하나야. 내가 왜 재수 없게 당신을 보며 내 미래를 생각하겠어?"

휴, 하고 거친 한숨을 쉰 후 그가 말했다.

"그러니까 제발 이제 그만하고 불러주는 대로 글 좀 써. 빨리 끝내고 유치원에 아들 데리러 가야 돼."

장길도는 개다리소반 위에 놓인 펜을 들어 손에 쥐었다. 젊은이의 목을 찌르려는 게 아니었다. 어차피 그럴 수 없었다. 아니, 그럴 수 있더라도 안 할 것이다. 그래서는 안 된다. 어차피 모든 게 과거가 되었다. 더는 고통스러울 것이 없다. 가장 아픈 순간은 벌써 지나갔다. 누구도 원망스럽지 않다. 다 그런 거 아니겠는가? 늙은이가 지고 젊은이가 이긴 것이다.

"유서."

젊은이가 서둘러 말했다.

쉰도 안 된 어린 녀석이, 하고 장길도는 '유서'라 쓰며 조소했다. 이런 끔찍한 단어를 참 잘도 나불대는구나. 과연 본문은 뭐라고 불러줄지, 70년의 회한을 어떻게 정리해줄지 궁금했다. 하지만 막상 읊는 소리를 들어보니 흔하디 흔한 얘기였다. 게다가 달랑 넉 줄이어서 맥이 풀리기도 하고 어처구니없기도 했다. 문득 '노을 아파트'에 섭섭해하던 인형술사가 떠올랐다. 돌이켜보면 그의 담담했던 표정은 인간의 삶이란 참으로 외롭고, 가난하고, 더럽고, 잔인하고, 짧을 뿐이라 탄식하는 것 같았다.[*]

유서에 날짜를 적은 후 서명했다. 조직 국가 대의 뭐 그런 나부랭이들을 위해서였다. 이제는 장길도 자신을 위해 무언가 할 차례였다. "부탁이 있네", 하고 펜을 내려놓으며 말했다.

---

[*] 토마스 홉스, 『리바이어던』 중

"아내와 합장해줄 수 있겠나?"

젊은이가 눈을 크게 떴다.

"아무 데건 괜찮다네. 납골당이든 나무 밑이든 그냥 한데 모아주기만 하면 기쁘겠네." 장길도가 바닥 깊이 고개를 숙이며 말했다. "늙으면 그런 거밖에 안 남는 법이라네. 부디 자비를 베풀어주게."

젊은이는 잠시 멍하니 있더니, 대답 대신 장길도의 뒤쪽으로 신호를 보냈다.

그림자 하나가 장길도에게 다가왔다.

목에 피아노 줄이 감겼다. 빠르게 조여졌다. 이 친구 누굴까, 하고 장길도는 생각했다. 더할 나위 없이 세련된 솜씨였다. 어찌나 부드러운지 따뜻한 물속에서 가만히 숨을 참고 있는 기분이었다. 장길도는 눈을 감고 기다렸다. 어차피 가장 아픈 순간은 아까 이미 지나갔다. 그보다 아픈 건 없다.

길게 이완된 혀가 입 밖으로 축 늘어지기까지 채 몇 분 걸리지 않았다.

뒤처리를 지켜보며 생각에 잠겨 있던 젊은이가

갑자기 화들짝 놀라 손목시계를 보았다. 인상을 구기더니 끙, 신음 소리를 냈다.

아들 데리러 갈 시간이 지나 있었다.

작품해설

사과 두 알의 사랑

이영광

1

소설이 어려워서 소설에 대해선 무얼 말해본 적이 없다. 그런 내게 프랑스 체류 중인 작가가 뜻밖에 이 소설의 해설을 요청했다. 나는 당연히 사양했다. 그런데 그가 전혀 당연하지 않게도 재차 압력을 가하는 바람에, 망설이다가는 그저 간단한 '독후감'을 쓰기로, 한국 대통령과 프랑스 대통령이 정상회담하듯 전화로 같이 합의를 보았다.

그는 내용보다 형식을 우위에 두는 작가다. 더 센 고사의 형식이 필요했던 것 같지만, 늦어버렸다. 이 소설에 관해서라면, 조금이라도 더 나이 먹은 사람의 소감이 어울린다고 여겼던 걸까.

2

박형서의 중편소설 『당신의 노후』는 초고령 사회의 난감한 사태를 14년 뒤의 현실을 배경으로 핍진하게 묘파한 작품이다. 대략 2031년에 이르러 80대 이상 노령 인구는 전체의 40%에 육박하게 되고, 노인 세대와 청년 세대 간 갈등은 격화된다. 죽음을 현저히 연기시킨 과학의 성과가 무색하게 젊은이들은 노인들을 증오하고 배척한다. 이 사태는 아래에 간명하게 제시돼 있듯이,

그들의 무임승차를 벌충하기 위해 젊은이들의 지하철 요금은 어지간한 밥 한 끼 값을 넘은 지 오래다. 값싼 고령 인력 때문에 제대로 된 직장도 갖지 못하는 젊은이들이 지하철을 이용하지 못하는 건 당연한 일이다. (『당신의 노후』, 73쪽. 이하

이 소설에서의 인용은 쪽수만 표시한다.)

노령 인구를 부양하느라 지하철도 제대로 탈
수 없을 만큼 경제적으로 힘들어서다. 소설의 반
동인물인 연금이사는 주인공에게 이런 악담을 퍼
붓는다.

연금이 저축해둔 돈 찾는 게 아닌 거 알잖아.
생산인구 소득을 거둬 비생산인구들에게 나눠주
는 거야. 요새 청년 세 명이 노인 일곱 명을 부양
하고 있어. 청년들이 100만 원씩을 벌면 너희 늙
은이들한테 쪽쪽 빨려서 집에는 대략 50만 원씩
가져간단 말이야. 그 돈으로 애인 만나 찻집에 가
고 결혼을 하고 애도 낳아 기르고 월세도 내야
돼. (125-126쪽)

상황이 이렇다 보니, 국민연금공단은 그냥 국
민연금공단이 아니다. 그것은 국정원 이상의 괴
물로 등장한다. 공단은 연금 수급자들을 관리, 사
찰할 뿐만 아니라 외곽 공무원들의 손을 시켜 '과

다' 수급자들을 조직적으로 살해한다. 증거는 없거나 있어도 무시된다. 노인들은 국가의 적이고 사회 유기체의 노쇠한 세포들에 불과하다. 그리고 외곽 공무원들에게 애국심은 절대적 가치다. 이 사실을 모르고 국민연금에 가입하는 일은 일종의 자살 행위가 된다. 테베에 내린 재앙의 원인을 열렬히 찾고자 한 오이디푸스가 제 무덤을 제가 파는 아이러니의 희생자이듯, 장수長壽가 일반화된 사회에서 정성으로 연금을 붓는 일은 제 목숨을 노리는 킬러에게 돈을 내는 바보짓이 된다. 바보들이 인구의 반 이상을 차지한다.

소설은 이 비극을 정교하게 그린다. 주인공 장길도는 공단의 외곽 공무원으로 40여 년을 복무하다 막 퇴직한 "따끈따끈한 백수"다. 오래 폐를 앓아온 아홉 살 연상의 아내 한수련이 노령연금 100% 수급자임이 드러나면서 일이 벌어지기 시작한다. 장길도가 평생을 바쳐 일해온 그 국가기관의 옛 동료들이 아내를 살해하려 하는 것이다. 소설은 이를 막으려는 그의 분투와 좌절을 그린다.

아내를 지키기 위해 옛 동료들과 대결하는 장길도의 동선 곁에 죽은 노인들의 행장이 툭툭, 그러나 주의 깊게 배치된다. 소설 전반부에 걸쳐 그저 그런 과거의 죽음들과 미래의 죽음들은 각각 시간차를 두고 뒤섞여 있다. 과거의 죽음들은 장길도와 그의 동료들이 저지른 것이고, 미래의 죽음들은 그들 자신의 것이다. 서술자가 사망신고를 미리 해놓고 나중에 이들을 찾아가 살해하는 식이다. 그 결과 독자는 인형술사나 장길도의 죽음을 뒤에서 보고는 앞으로 돌아와 확인하게 되고, 다시 뒤로 돌아가 죽음의 곡절을 알게 된다.

이 현란한 얽어 짜기는 바로 미래 사회의 혼란과 혼돈을 플롯 차원에서 정교하게 구현하는 듯하다. 다시 말해, 혼란에 질서를 부여함으로써 서사의 구조적 완결성과 리얼리티를 높여준다. 박형서 극단의 전속 배우로서, 이 작품 저 작품 가리지 않고 출연하는 '성범수'(그는 이 소설에도 우정 출연한다)가 「개기일식」에서 말하듯, 소설은 현실의 거울 같은 반영이 아니라 엉망인 현실을 정리해 보여주는 것이다. 소설의 진실은 그저 현실에 널려 있지 않고 이야기 속에 숨어 있다.

장길도의 초조한 동분서주를 따라 액션 스릴러의 내러티브를 읽어가면서, 독자는 간략하고 무심하게 작성된 죽음의 기록들 뒷면에 피 묻은 손이 있었고, 이 손의 임자들 또한 나중에 서로 배신을 주거니 받거니 하며 죽고 죽이는 운명을 피할 수 없으며, 그들이 어떤 가치와 사연을 쥐고 있든 간에 공단의 명령과 국가 시스템의 소모품에 불과하단 사실을 확인하게 된다. 이러한 소설의 구성 방식은 서사의 긴장과 밀도를 높여주지만, 스릴러에 흔히 기대하게 되는 강력한 반전이나 희망 섞인 결말은 없다. 그것은 초고령 사회라는 현실의 중압 때문이다. 장길도는 초고령 사회의 문제점은 물론 이를 봉합하려는 시스템의 '합리화' 이념이 불가피하다는 사실을 누구보다 더 잘 아는 퇴역 킬러다. 그는 옛 동료 '국희'의 도움을 받아 노익장을 과시하며 또 다른 동료 셋을 살해하지만, 아무것도 해결하지 못한 채 죽는다.

노인(개인)들과 공단(국가) 간의 갈등 관계에서 장길도는 처음에 해결사이자 하수인이었지만,

이제 갈등의 반대 축에 내던져진다. 그의 맞은편 축에는 젊은 연금이사가 있다. 선거만 했다 하면 "온통 노인네들 천지인데 어째서 늘 젊은이들이 이기는" 건지 알 수 없고, 대통령 당선자조차 40 초반의 고아 출신인 시대에, 70 노인 장길도의 한참 상관인 연금이사가 유치원생을 자식으로 둔 젊은이인 건 하나도 이상하지 않은 현실이다. 그는 체제의 대변자로서 "실재하는 건 현재밖에 없"다고 강변을 내뱉는다.

사방이 꽉 막혀서 썩어가고 있어. 하는 일이라고는 영혼이 떠나지 않도록 붙들고 있는 게 전부인 주제에 당신들 대체 왜 우리 사회에 아직 남아 있는 거야! (126-127쪽)

이처럼 젊은 연금이사는 노인을 증오하며, 과거와 미래를 모르고 사는 인물이다. 그에게 두 세대의 공생에 관한 대안은 없다. 그는 체제 유지를 모든 것에 앞세우는, 어떤 무참한 생존 논리를 체화한 '인물=권력'이다. 늙은 것들은 얼른 죽어 없

어지라는 그의 저주는 소설의 진정한 결말이라
할 11장의 익명의 대화와 날카롭게 부딪쳐 울린
다.

　　"싫은 거지."
　　"뭐가?"
　　"제가 늙은 게 싫은 거지. 유서에 이런저런 사
　연을 남겨봤자 조사해보면 결국은 그게 그거지,
　팍삭 늙은 게 싫은 거지." (82쪽)

　　노인의 죽음에는 결국 늙음밖에는 이유가 없
다. 노인의 죽음의 원인은 쓸모없는 노인 그 자체
다. 죽음은 전후 맥락이 지워진 채 이렇게 산 자
들에 의해 상투화되고, 체제는 주검 뒤에서 태연
히 입을 다문다. 아래의 두 문장은 이 소설에서
가장 싸늘한 문장들이다. 선善의 입으로 말하는
악惡의 목소리를 취함으로써 서술자는 죽음에 콘
크리트를 덮은 국가의 합리화 논리에 아이러니의
칼날을 슬쩍 들이댄다.

사람들이 상처받은 서로에게 더 관심을 갖지 않는 한 이러한 죽음은 끝없이 계속될 것이다.

그 덕에 사회는 숨통을 트고, 한층 젊어진다.

(83쪽)

3

대물림된 장길도의 "집"이나 그의 아내 수련 씨의 투박한 "도자기"는 세대적 연결의 상징이다. 거기엔 "부모"라는 오래된 온기가 묻어 있다. 그러나 그런 "시간의 연속성" 따위는 이제 무의미한 구닥다리로 치부된다. '노인을 위한 나라는 없'는 불구적 환경 속에서 장길도란 인물이 열어줄 미래 비전이 있을까.

단지 얼마의 시간, 연금 수급 자격에 문제를 일으켜 수련 씨가 국가 재정에 해를 끼치는 인간이 아니라는 걸, 방벽 너머로 고려장 시킬 필요가 없다는 걸 증명해 보일 아주 약간의 시간이 필요할 뿐이다.

그게 이 싸움의 성격이다. (94쪽)

장길도는 아내를 '부정 수급자'로 만들어 구명하기 위한, 아주 조금의 시간을 얻으려고 싸우다 실패한다. 그러나 이것이 그저 실패는 아니다. 이 소설의 여타 노인들과 장길도의 차이는 그에게 한수련이라는 예외적 사랑이 존재한다는 사실이다. 그 사랑은 아내 한수련의 부풀린 뺨과 배시시 웃는 모습, 그리고 난처할 정도로 되풀이 강조되는 한겨울 밤의 사과 두 알로 조형된다. 장길도는 이걸 포기할 수 없어서 싸운다. 가망 없는 싸움이야말로 해야 하는 싸움이다. 사랑은, 사랑하는 싸움이기 때문이다. 장길도는 체제의 내부에 있던 자이지만 아주 작은 것—사랑—을 필사적으로 찾는다는 점에서, 종국엔 "죽여버리고 싶은 새파란 개새끼"에게 수련 씨와 자신을 합장해줄 걸 기꺼이 애걸한다는 점에서 소설의 진정한 주인공으로 발돋움한다.

겨울밤 아내를 위해 눈길을 40킬로미터나 뛰

어 사과 두 알을 구해 왔던 사랑의 기억이 장길도가 가진 생의 전 재산이다. 가망 없는 싸움의 과정에서 그는 이 전 재산을 남김없이 소진한다. 어린애처럼 쉼 없이 꿍얼거리면서.

　사과가 먹고 싶었다. 수련 씨는 한번 먹어보란 말도 없이 파란 사과 두 알을 혼자 먹어버렸다.

(71쪽)

　한 입이나마 직접 먹어보자고 그 먼 길을 달린 게 아니었으니까. 땀에 젖은 그 두 알의 사과를 씻지도 않고 남김없이 먹어주어서 진심으로 기뻤다.

(114-115쪽)

　그깟 사과가 뭐라고 그걸 구하려 밤새 달렸던 자신의 젊음과 자다 말고 벌떡 일어나 사과 두 알을 꼭지째 우적우적 씹어 먹던 수련 씨의 젊음, 그토록 수많은 게 가능했던 젊음, 그리고 이제는 영영 잃어버린 저 새파란 젊음이 그리운 것이다.

(133쪽)

최선을 다해 구해 온 사과를 역시 최선을 다해 남김없이 먹어치우는 것이 사랑이라는 것. 젊음은 다른 젊음의 전부를 요구하고 제 젊음의 전부를 내주는 삶의 시간이며, 그것이 곧 삶의 생생한 현재라는 것이다. 너무 정직하여 어린애 투정 같은 이 사랑의 항변은 물론 현실의 벽을 무너뜨리지 못한다. 그러나 이 모티프는 적어도 이야기 곳곳에 미세한 균열을 일으킴으로써 정념의 통로들을 만들어낸다. 드물게 발생하는 체계의 오작동과 인간적 정념이 유발하는 머뭇거림의 순간들은 미묘한 공명 속에 소설의 몇 장면들을 뭉클하게 물들인다. 국희는 처벌을 무릅쓰고 장길도를 돕고, 인형술사는 한수련의 '처리'를 두고 그답지 않게 망설이다 장길도에게 제거된다. 사나운 곱등이는 한수련의 '처리'를 기피하고, 냉혹한 연금이사조차 장길도의 죽음 앞에서 상념에 잠겨 시간을 잊는다. 이것이 이 소설의 시간 속에 깜박이는 역설의 포인트들이다. 삶은 대체로 몇 마디 이야기로 남지만, 소설은 언제나 이야기의 이야기다.

박형서 소설의 서술자나 인물들에게는 사방에

물을 튀기며 즐겁게 노는 듯한 아이가 들어 있기도
하고, 반대로 격렬하게 흥분해 있거나 우울에 잠긴
아이의 얼굴과 몸짓이 들어 있기도 하다. 전前 시대
의 해양 어드벤처들을 연상시키는 「나는 『부티의
천 년』을 이렇게 쓸 것이다」의 서술자는 몽상에
젖어 희희낙락하는 아이에 가깝고, 오이디푸스
콤플렉스를 찢어발겨버리는 듯한 「물속의 아이」
의 아이나, 아내를 집어삼킨 바다를 통째로 증발
시켜버리려 하는 「외톨이」의 미치광이 과학자는
우울하고 괴팍한 얼굴을 하고 있다. 어느 쪽이든
간에 아이들은 뭘 모르기에 끝을 모르고, 그래서
어떤 끝을 산다. 압도적인 환상이 출현하는 「논쟁
의 기술」이나 기괴하고 무정한 죽음을 다룬 「너
와 마을과 지루하지 않은 꿈」도 이와 비슷하다.
이 소설들의 인물이나 서술자는 끝까지 가보려고
분투하거나 저만 아는 격정에 싸여 쉼 없이 중얼
거린다.

　박형서 소설의 서술자는 괴력의 포식자다. 그
는 말이 되는 사실과 안 되는 사실들을 가리지 않
고 하나의 용광로에 넣어 끓인다. 말이 안 되는

사실들은 설화의 갈피들에서, SF적 공상 속에서, 또는 그의 어떤 무의식 속에서 거침없이, 그러나 매우 정교한 선별과 세공을 거쳐 이야기 속으로 들어온다. 현실적으로는 말이 안 되는 이 에피소드들을 소설적으로는 말이 되게 변형한다는 점에 박형서 소설의 설득력이 있는 것 같다. 이것을 더 적은 현실과 더 많은 픽션의 결합이라 말해볼 수 있지 않을까. 그의 네 권의 소설집들 중 두 권의 제목에 '픽션'이란 말이 들어가 있다. 더 많은 허구의 결과는? 물론 더 많은 리얼리티다. 박형서는 현실과 비현실, 사실과 환상을 자유자재로 섞으며, 현실 반영이라는 근대 소설의 오래된 규범=관습을 도발적으로 해체해 소설 문법을 새로 쓰려 하는 작가이다.

가능하면 재미있게 말하려 하기 때문에 그의 문장과 표현에는 과장과 너스레, 기지와 유머가 넘쳐난다. 박형서는 씹어뱉듯이 말하려 한다. 아니, 이 말은 반만 맞다. 그는 늘 최대한으로 말한다. 인물의 행동과 심리에 대한 기지에 찬 문장들은 어느 때 시의 문장에 다가선다. 단지 문장만이 아니라 소설의 주제적 핵심부에서는 다분히 서정적 처리를 시도하는 것도 같다. 소도구들은 상징이 되어 때로 인상적인 복선으로 꿈틀거리고, 시에서라면 이미지가 맡을 역할을 수행하며 주제를 서정적으로 응축시킨다. 『당신의 노후』는 이런 기법적 처리가 두드러진 작품이다. 이 서정적 취향은 「자정의 픽션」이나 「날개」, 그리고 「끄라비」나 「외톨이」에 이르기까지 꾸준한 개성인 것 같다. 그의 자전적 소설 「어떤 고요」를 꼭 참조해서 하는 말은 아니다.

황당무계荒唐無稽란 말은 『장자』의 황당지언荒唐之言과 『서경』의 무계지언無稽之言을 합친 데서 생겨났다. 무계는 그저 근거 없는 말을 이른다. 그러나 황당은 본래 이와 다르다. 그것은 크고 어지러워 이치에 맞지 않다는 뜻이지만, 엉망진창인 현실의 심부를 전복적으로 드러내려는 아이러니의 힘을 지니고 있다. 황당은 큰 것이고 큰 것은 쓸모가 없으나, 그 무용 가운데 더 큰 쓸모가 있다. 황당지언의 세계는 진실의 대해大海다. 황당하되 무계하지 않은 것이 박형서의 소설이다……

이렇게 잠정 요약해볼 수 있지 않을까.

4

국가가 개인의 사랑을 해쳐서는 안 된다는 장
길도의 신념은 결국 좌절에 이른다. 나는 소설을
덮고 장길도의 마음을 생각해본다. 늙은 그들의
젊음은 어디에 있는가. 물론 장길도는 이렇게 되
물을 것이다. 젊은 당신들의 늙음은 어디 있나?
아니, 젊음은? 이 소설은, 영원히 목에 남은 아담
의 사과 같은 '사과 두 알의 사랑'을 대답으로 들
려준다. 작가의 대답은 읽는 이들에겐 결코 가볍
지 않은 물음의 방식으로 스며들 것이다.

한마디 한마디를 힘을 다해 적을 수 있는 것은
뛰어난 재능이라 생각한다. 그건 또 힘을 다 빼
고 적는다는 뜻도 된다. 엄밀히 말해, 문학에서
이 재능 말고 다른 재능들은 부차적이다. 박형서
에게는 이것이 있는 듯하다. 뭐 벌써 이런 문제를
쓰셨나 싶기도 하고, 국민연금 가입 안 하길 잘했

다는 생각도 든다. 박형서에게는 모든 게 다 현실이고, 모든 게 다 소설이다. 모든 게 다 무정하고, 모든 게 다 유정하다. 박형서는 계속, 이글거린다.

작가의 말

지난해 프랑스 엑상프로방스에 갔다. 청명한
하늘로 이름난 고장이었다. 내가 머물던 보발롱
거리에서는 세잔의 작업실이 지척이었고, 눈부신
생빅투아르산도 손에 잡힐 듯 보였다. 근교에 위
치한 작고 예쁜 마을들은 경쟁하듯 제각기 샤갈,
까뮈, 장 콕토, 고흐 같은 이들을 품고 있었다. 손
만 뻗으면 다 내 거였다. 아직 여름의 열기가 실
뱀처럼 흐르던 9월이었다.

하지만 그 많은 낭만 중 어느 하나도 잡지 못
했다.

12월이 다 되어 하늘이 잿빛으로 변하고 눈이

내릴 때까지 보발롱의 우중충한 아파트에만 머물렀다. 아파트 발코니 정면에는 잎이 무성한 나무 한 그루가 서 있었다. 출퇴근 시간이 되면 말쑥한 양복쟁이들이 그 사이를 지나다 내가 버린 담배꽁초를 주워 흐뭇하게 입에 물곤 했다. 한두 명이 아니었다. 20대 아가씨도, 50대 가장도 모두 내 담배꽁초를 사랑했다. 그들의 중독 같은 사랑 속에서 이 소설의 세부 구상을 마치고 집필에 들어간 게 10월 중순, 그리고 마침내 탈고한 건 다시 그로부터 한 달도 더 뒤의 일이었다. 이제 발코니 앞은 낙엽으로 뒤덮였고, 벌거벗은 가지는 앙상했다. 바람이 매우 찼다.

그러니 이런 생각이 안 들 수가 없다. 나는 길거리 벤치에 드러누워 엑상프로방스의 햇볕을 종일 쬘 수 있었다. 유유자적 와인에 취해 그 멋진 분수의 도시를 뱅뱅 맴돌 수도 있었다. 마들렌과 맥주와 고성古城이 잘 어울리는지 어떤지 직접 확인해볼 수도 있었다. 기왕에 남유럽까지 갔으니 나에게는 이런저런 기회가 많았다.

그걸 모두 잃었다. 엑상프로방스의 황금 계절

에 영영 돌아오지 않을 내 여유로운 시간까지 덤

으로 얹어 이 소설 한 편과 바꿨다.

　그럴 만한 가치가 있었길 빈다.

　　　　　　　　　　2018년 봄, 서울 돈암동에서

　　　　　　　　　　　　　박형서

당신의 노후

지은이 박형서
펴낸이 김영정

초판 1쇄 펴낸날 2018년 5월 25일
초판 5쇄 펴낸날 2022년 12월 2일

펴낸곳 (주)현대문학
등록번호 제1-452호
주소 06532 서울시 서초구 신반포로 321(잠원동, 미래엔)
전화 02-2017-0280
팩스 02-516-5433
홈페이지 www.hdmh.co.kr

ISBN 978-89-7275-892-1 04810
     978-89-7275-889-1 (세트)

* 책값은 뒤표지에 있습니다.

현대문학 핀 시리즈 소설선 ———